꿈과
토템

꿈과 토템

은모든 소설집

민음사

차례

토
템
,
토
템

1

은경이 소하와 만나지 못한 것은 여름 한 철에 불과했다. 그 몇 달 사이에 소하는 전혀 다른 사람이 된 것만 같았다. 조금 과장하여 말하자면 삶을 대하는 태도를 아예 새것으로 갈아 끼운 듯 보일 지경이었다. 그간 어떤 일이 있었는지 궁금증이 든 은경은 소하에게 가벼운 도발을 감행하는 질문을 던져 보았다.

"박 차장은 좀 어때? 요새도 진상이야?"

소하는 그렇다고 대답하더니 잠시 기다리라며 휴대폰을 들었다. 이어질 상황이야 빤했다. 소하는 박 차장이 스리슬쩍 자신에게 떠넘긴 일이나 어김없이 회피한 일에 관해 상세하게 토로할 것이다. 증거로 그가 보낸 메시지를 보여 줄지도 모른다. 박 차장의 횡포를 낱낱이 까발리다 보면 몇십 분쯤 순식간에 지나갈 것이다. 그렇게 전부 쏟아 놓은 후에 "내가 이상한 거야? 나만 이렇게 생각하는 거 아니지?" 하고 동의를 구할 일이 눈에 선했다.

그러나 은경의 예상은 빗나갔다. 소하는 "말하자면 길지만, 전에도 많이 한 얘기니까 생략하고." 하더니 휴대폰을 꺼내 들며 바로 이럴 때 명언을 들여다보아야 한다고 했다.

"명언?"

은경이 되묻자 소하는 휴대폰 화면을 내밀었다. 물비늘이 이는 수면 위에는

남들이 알아주지 않아도 노여워하지 않는다면 어찌 군자라 아니 하겠는가

라는 문장이 떠올라 있었다.

『논어』의 이 구절이 담긴 이미지를 보내 준 사람은 회계팀의 선배라고 말하며 소하는 허리를 곧추세워 앉았다. "이 문장을 보면 머릿속이 좀 시원해지는 느낌이 들더라고."

"논어를 읽고 군자가 되기로 했다 이거야?" 은경은

자기도 모르게 입을 벌리고 소하를 쳐다보게 되었다.

"군자 되기가 그렇게 쉽겠니. 그냥, 회사 안이랑 밖을 좀 더 나눠서 보려고 해. 회사 밖에 있을 때까지 자꾸 박 차장 얘기 하면 박 차장 손해가 아니라 내 손해잖아. 그럴 시간에 맛있는 거 먹고 이렇게 단풍도 보고 그러는 게 낫지 뭐." 소하가 검지로 테라스 밖을 가리켰다. "여기 밖에 있는 단풍 말이야, 이거 전부 벚나무 단풍인 거 알았어? 우리 내년 봄에 여기 또 오자."

"누구냐 너. 내가 알던 징징이는 어디에 가둬 두고 군만두를 먹이고 있는 거냐."

장난처럼 내뱉으면서도 은경은 묘한 박탈감을 느꼈다. 뭐든 자신보다 한발 앞서 해낸 소하가 급기야 마음의 평화까지 먼저 손에 넣은 것만 같아서였다. 사실 은경은 전에도 이런 기분에 빠져든 적이 있었다. 자기는 종종걸음을 걷는 동안 소하는 조금씩 보폭을 넓히며 걷고, 이따금 펄쩍펄쩍 뛰어가기도 하는 것 같은 기분. 친구의 성장은 얼마든지 환영할 만한 일이었지만 그럴수록 둘 사이에 벌어지는 격차 때문에 입이 썼으므로 은경은 소하를 따라 허리를 곧추세워 앉고는 물었다.

"명언 좀 본 게 다가 아니지? 비결이 뭐야? 명상 같은 거라도 시작했어?"

그런 게 아니라, 하더니 소하는 오른손을 재킷 안
으로 넣었다. 안주머니에서 뭔가를 집은 뒤에 꺼낼지
말지 망설이는 모습이 마치 무기라도 숨기고 있는 사
람의 동작처럼 보였다. 그러나 소하가 내민 것은 플러
스 펜이었다. 어느 문구점에서나 흔하게 찾을 수 있는
지극히 평범한 것이었다. 하지만 소하는 은경의 눈을
바라보며 목소리마저 살짝 낮추더니 이 펜에 특별한
기능이 있다고 말했다. 은경은 그게 웬 스파이 영화
에나 나올 법한 대사냐고 따져 묻지 않을 수 없었다.
소하는 어디서부터 설명하면 좋을지 가늠하는 듯이
고개를 살짝 기울이더니 검지와 중지 사이에 끼운 펜
을 부드럽게 회전시켰다.

2

두 사람은 취업을 준비하던 시기에 스터디 모임에
서 알게 된 사이였다. 은경은 그 모임에 맨 마지막으
로 합류한 멤버였는데 처음 참여하는 날 자못 긴장한
탓에 필기구를 가져가지 않아서 소하에게 빌려야 했
다.

"남는 게 이거밖에 없는데 괜찮으실지 모르겠네

요. 이게 빨간 펜이라서요."

　은경은 그렇게 말하는 소하에게 친절한 인상을 받았다. 그날의 모임을 이끌고 이후의 일정을 공지하는 모습은 야무지고 빈틈없어 보이기도 했다. 몇 달 지나 그때 느낀 첫인상에 관해 얘기했을 때 소하는 "친절한 건 맞아요. 좀 그런 편인 거 같아." 하고 수긍했다. 하지만 빈틈없는 성격은 되지 못한다고, 남들 눈에라도 그렇게 보이도록 발버둥을 치고 있을 뿐이라고 말했다. 남들 시선이 미치지 않는 집 안에서는 한심의 극치인데 바로 그 점 때문에 집에서 공부가 안 돼서 도서관과 스터디 카페에 가고 취업 스터디도 조직하는 것이라고 덧붙였다. "어, 나도 그런데!" 은경은 친밀감을 느꼈다.

　그러던 어느 날, 자못 기대감을 가지고 향했던 면접을 치르고 온 소하는 은경 앞에서 눈물을 보였다. 도서관 근처 편의점 앞 파라솔의 수평이 살짝 틀어진 하얀 플라스틱 의자에 자리를 잡았을 때부터 소하는 이미 코끝이 빨갰다.

　"완전히 예상 못 한 질문이 나온 건 아니거든. 아니, 하나 있기는 했는데 나쁘지 않게 대답했어."

　"그럼 가능성 있겠네. 미리 실망하지 마." 은경이

달래듯 말했다.

소하는 손등으로 눈가를 훔치며 기대해 볼 만한 여지가 없다고 했다. 썩 괜찮은 정도로는 뽑힐 수가 없다는 사실을 알지 않느냐고, 면접관의 눈빛에서 이미 판가름이 나지 않느냐고 되물었다.

"야, 너 그거 가지고는 어림도 없어, 하는 눈빛 있잖아. 정말이지 차라리 어디를 어떻게 고쳐 오라고 딱 짚어서 말이라도 해 줬으면 좋겠어."

구직을 시작하면서부터 매일 자신의 가치가 수직으로 하락하는 기분이라고 소하는 덧붙였다. 은경의 처지도 별반 다를 게 없었으므로 두 사람은 서로의 눈물과 한숨을 자기 것인 양 느꼈다.

소하가 취업에 성공한 것은 그로부터 두 계절이 지난 후였다. 중견기업에 정직원으로 채용된 소하를 부러워하던 은경은 석 달이 더 흐른 시점에 한 중소기업에서 계약직 사원으로 첫 사회생활을 시작하게 되었다. 은경이 세 번의 계약 연장 끝에 정사원이 되었을 때, 소하는 이직을 입에 올리기 시작하더니 이듬해 길고 까다로운 절차를 거쳐 외국계 기업으로 이직하는 데 성공했다.

이후 한동안 소하는 면접을 치르던 때 예상한 것과

달리 막상 접한 업무 환경이 허술하기 짝이 없다고 기함하는 메시지를 보내왔고, 단순 반복 업무에 질릴 대로 질린 은경은 그런 놀라움이라도 좀 겪어 보고 싶다고 대답하곤 했다.

회사원이 되고 나서는 그렇게 주로 메시지로 대화하던 둘이 본격적으로 자주 만나게 된 시점은 올해 봄이었다. 소하가 본가에서 나와 얻은 새집이 은경의 집에서 십 분 남짓한 거리에 위치했던 것이다. "이제 자주 보자, 우리. 나 너무 외로워." 소하는 독립하자마자 그렇게 말했다.

3

그해 3월 한 달 동안 은경은 몇 번이나 소하의 집으로 향했고, 그때마다 소하는 배달 음식을 잔뜩 시켜 주었다. 그렇게 한 달이 지났을 때 엇비슷한 자극적인 맛에 물린 은경은 소하를 이끌고 동네에서 다년간 좋은 평판을 유지하고 있는 와인 바로 향했다. 장소는 은경이 소개했지만 와인은 소하가 골랐다. 적절한 보디감에 풍성한 맛과 향을 지닌 데다 가격까지 마음에 들었으므로 은경의 입에서는 최고라는 말이 나왔다.

"최고는 모르겠고 가성비로 알아주는 거래. 우리 신입이 유학 가서 와인만 존나 퍼마셨는지 조예가 깊으셔." 소하가 빈정거렸다. "안 밀리려고 나도 몇 개 좀 외워 놨지."

"너희 회사는 회식 때 와인도 마시고 그러는구나. 외국계는 다르다 달라. 우린 무조건 소맥인데."

"콜키지 프리인 데서만." 소하는 신경질적으로 앞머리를 쓸어 넘기며 말했다. "박 차장이 그 주제에 요새 와인에 꽂혀 있는데 신입이 와서 맞장구쳐 주니까 아주 신났어. 원래도 유학파만 챙기는데 아주 둘이 죽고 못 산다니까."

"아우, 애 미간 구겨지는 것 좀 봐. 그래도 좀 잘 지내 봐. 너 작년 생각하면 올해는 아래로 신입도 들어오고 좀 나은 거 아니야?"

소하는 고개를 저었다. "낫기는, 올해는 정말 내 인생에서 최악인데."

그러자 은경은 설마 그럴 리가 있느냐며 둘이 처음 알게 된 시절의 기억을 환기시켰다. 돈과 시간 중 어느 것 하나 낭비할 수 없었던 그때는 아무리 속상해도 기껏해야 편의점 파라솔 의자에 마주 앉아 옆자리의 담배 연기를 그대로 들이마시며 홀짝이지 않았느냐면서. 그에 비하면 이제는 가격을 신경 쓰기는 하지만 와인을 병째로 주문해서 마실 정도의 여유는 있었다. 게다가 아직 본가에서 살고 있는 은경에게 소하의 새집은 선망의 대상이기도 했다. 소하는 고개를 끄덕이면서도 미간에 다시금 세로로 긴 주름을 만들었다.

"맞아, 알아. 객관적으로 보면 지금이 최악일 수가 없어. 회사가 아무리 거지 같아도 자소서 쓰던 시절보다야 낫겠지. 그걸 분명히 머리로는 아는데 피부로 와닿지가 않아. 왜 이런 거야? 왜 가도 가도 작년보다 올해가 더 빡센 거야? 내가 욕심이 너무 많아서 그런 거야? 아니면 감사할 줄을 몰라서?"

"왜기는, 항상 빡빡하게 미션 클리어하면서 사느라 그렇지." 은경이 대꾸했다. "첫 직장 일 익숙해질 즈음 이직하고, 텃세 뚫고 에이스 소리 듣느라 죽어라 일하고, 돈 모아서 독립하고, 신입한테 안 지려고 와인 이름까지 외우면서 사는데 빡센 게 당연하잖아."

"그래. 우리 언니도 나한테 인정 욕구가 뻗친다고, 너무 애쓰지 말라고 그러더라." 소하는 습관적으로 찌푸려 생긴 주름을 펴듯 검지와 중지로 미간을 문질렀다. "내 연봉 두 배를 받아먹으면서 나만 부려 먹는 인간들이야말로 좀 그런 생각을 해 줘야 될 텐데."

소하의 상사인 박 차장은 중역이나 고객사 앞에서
는 안 된다거나 힘들다는 말 자체를 모르는 사람처럼
모든 요구를 떠안는 전형적인 예스맨이었다. 뒷수습
은 응당 부하 직원들의 몫이었는데 그중에서도 일 처
리가 빠른 소하를 해결사처럼 부릴 때만 에이스라고
치켜세운다고 했다. 은경의 상사인 공 부장 역시 뭔
가 수습해야 할 일이 생기면 은경에게 떠넘기기 일쑤
였다. 그러니 일견 비슷한 처지 같지만 떠안는 업무의
규모는 비교가 민망한 수준이었다. 사실 직장의 규모
자체가 달랐으니 당연하다면 당연한 일이었다.

다만 이따금, 그러니까 지금처럼 취기로 얼굴에 열
이 오르는 것 같아서 들고 있던 와인 잔을 내려놓고
물잔을 볼에 가져다 대다 말고 문득, 초라하다는 생
각이 머릿속을 가득 채우곤 한다는 게 문제였다. 어
째서 초라함까지 느끼는가 하면 직장에서만 그런 취
급을 받는 게 아니기 때문이었다. 집에서도 마찬가지
였다. 엄마는 오빠에게는 전하지 않는 고모와의 다
툼이며 크고 작은 경제적 고민을 오직 은경에게만
토로했다. 남자 친구인 범상 또한 마찬가지였다. 한
달 넘게 주말에 만나지 않았는데도 아쉬워하는 반응
을 보이지 않았다. 오늘도 퇴근은 했는지 어떤지 메

시지조차 없었다. 결국 직장에서도, 엄마와 남자 친구에게도 자신은 적당히 필요한 존재에 불과한 것만 같았다. 누구도 은경이라는 사람을 가장 소중하고 중요한 사람으로 봐 주지 않는 것만 같았다. 은경은 어째서 이런 얘기까지 하게 되었더라 생각하면서도 취기를 빌려 떠오르는 생각을 가감 없이 소하에게 털어놓았다.

"야, 내가 가까운 데로 이사까지 온 거 보면 몰라? 난 너밖에 없어."

은경과 마주 보고 앉아 있던 소하는 옆자리로 옮겨 와서 팔짱을 끼더니 은경이 얼마나 소중한지 화려한 수사를 동원해 가며 강조했다.

"알았다고. 알았어." 은경이 너털웃음을 터뜨렸다. "그런데 너, 나한테만 이러지 말고 전부터 맘에 든다던 그 동창한테도 좀 이래 봐. 그러다 누가 채 간다."

은경의 말이 끝나기도 전에 소하는 깊은 한숨과 함께 테이블 위로 엎드렸다. 그렇게 엎드린 채 머리를 몇 차례나 흔들더니 "했는데, 까였어." 하고 웅얼거렸다.

"까였다고? 왜? 걔도 참 사람 보는 눈 없다."

소하는 흐느적거리며 원래 자리로 돌아가더니 어

디서부터 잘못됐는지 짚어 보아야겠다고 했다. 일단 20대에는 연애를 하며 건강한 관계를 맺은 적이 한 번도 없다는 것을 확신했는데, 당시 자신은 못 말리는 '금사빠'의 전형이었기 때문이라고 했다. 하지만 은경에게는 순식간에 타오르는 연애에 달려드는 소하의 모습이 쉬이 상상되지 않았다. 외려 익숙한 것은 소하가 금사빠 시절의 혹독한 경험을 통해 '생존을 위해' 간추리게 되었다는 연애 대상에 관한 체크리스트였다. 그 목록에는 분노 조절에 문제가 없는 성격, 한 달 수입에 맞는 지출을 유지하는 금전 감각, 피임에 진지하고 일관성 있게 임하는 태도와 성을 구매하지 않는다는 원칙 같은 것이 포함돼 있었다.

"아니, 이게 그렇게 큰 욕심이니? 이게?" "소하가 탄식했다. 다들 나더러 눈이 높아서 문제래. 내가 비정상인 거야?" "

"아닌 거 알면서."

"맞아, 알아. 그런데 나 이러다가 선볼지도 몰라."

"부모님이 보라셔?"

"응. 같이 살 때는 방에 들어가면 그만이었는데 나와 사니까 전화하고 문자하고, 더 집요해졌어. 골치 아프니까 한 병 더 시킬까?"

"하긴, 와인은 원래 각 1병이 기본이지." 은경이 맞
장구를 쳤다.

봄을 지나는 동안 은경은 살면서 이렇게 자주 맛
있는 와인을 마신 적이 있던가 싶은 몇 달을 보냈다.
그러다 5월에 접어들면서 소하와 공유하는 취미가 하
나 더 늘었다. 술자리가 잦아짐에 따라 늘어난 체중
에 위기감을 느낀 소하가 공원을 함께 걷자고 제안했
던 것이다. 오십 분 정도 되는 산책로를 왕복하는 동
안 두 사람은 각자 일하는 업계와 조직의 불합리하기
그지없는 면면에 관해, 행성처럼 그들 주변을 맴도는
무례한 질타와 간섭에 관해, 때로 고통스러울 만큼
마음을 파고드는 불안과 초조함에 대해, 지금보다 더
나은 자신이 되어 더 나은 평가를 받고 싶다는 갈망
에 관해 지치지 않고 이야기를 나누었다.

4

소하와 함께하는 밤 산책의 재미에 빠진 은경은 여
름을 맞이하여 통풍이 잘되고 가벼운 워킹화를 구입
했다. 집에서 좀 더 거리가 있는 산책 코스도 알아 두
었다. 그러나 막상 집으로 워킹화가 배송되었을 때는
새 신을 신고 산책을 즐길 여유가 나지 않았다. 거기

에는 회사원이 된 이래 처음으로 사수의 위치에 서게 된 일의 영향이 컸다.

은경이 신경 써야 하는 신입 지원 씨는 인사 팀에 입사했을 때 사내에서 역대급 오버 스펙이라고 입방 아에 오르던 인재였다. 그때는 너 나 할 것 없이 "취업이 너무 늦어지면 초조하니까 일단은 들어왔나 본데 아마 현타 와서 몇 달 못 버틸걸?" 하고 수군거렸지만 외려 인사 팀장이 지원 씨를 두고 보지 못했다. 그러니까 그녀가 은경이 일하는 구매지원 팀으로 이동한 것은 좌천에 가까운 인사였던 셈이다.

신입이 어째서 인사 팀장의 눈 밖에 났는지 체감하는 데는 긴 시간이 필요치 않았다. 지원 씨는 첫인상이 또래치고는 과하게 깍듯하다 싶을 만큼 반듯하고 성실해 보였다. 그러나 막상 함께 일을 해 보면 신입인 점을 감안하더라도 일상적인 업무에서 실수가 잦았다. "지원 씨, 명세서에 제품명이 틀리게 나가는 건 곤란하지 않겠어요?" 하고 지적한 뒤에는 은경도 종일 찝찝했다. 감정적으로 혼을 내지는 않았지만 그런 어투가 자존심을 더 상하게 한다는 것을 잘 알고 있기 때문이었다. 하지만 사소한 실수가 연달아 일어나면 때로 대형 사고가 터지고, 그런 일이 생겼다가는 사수인 은경이 책임을 피할 수 없을 것이었다. 사실 지원 씨의 근태에 관해서도 할 말이 없지 않았는데 이를 악물고 참고 있었다.

세상에, 근태 지적을 하고 싶다니. 은경은 자신이 꼰대가 된 것 같아서 입이 썼다. 기분 전환이 절실했지만 여름휴가 기간 전에는 짬이 나지 않아 소하와도 좀처럼 시간을 맞추지 못했다. 소하는 결국 '선개팅'에 나가기로 했다고 메시지를 보내왔다. 은경은 곧장 전화를 걸었다. 부모님 등쌀에 결심한 거냐고 묻자 소하는 어쩔 수 없었다고 말문을 열었다.

"이렇게 나이 차가 나는 사람은 싫다고 했더니 엄빠가 나더러 시건방 떨지 말래. 어이가 없어서. 내가 없는 말이라도 했냐고."

소하가 수화기 너머에서 분통을 터뜨렸다. 그럼에도 선개팅을 받아들인 이유는 하나였는데 결과가 어찌 됐든 세 번만 만나면 부모님도 더 이상 잔소리를 하지 않겠다고 못을 박았다는 것이었다.

5

폭염이 최고조에 다다를 무렵 지원 씨는 결국 대형 사고를 치고 말았다. 이미 지난주에 배송이 끝난

건을 수습해야 하는 터라 그날 밤에 은경은 사정을 알리고 읍소하는 전화를 목이 쉬도록 걸어야 했다. 게다가 하필 금요일 저녁에 일이 벌어진 탓에 오랜만에 만나기로 한 소하와의 약속도 취소해야 했다. 그럼에도 부주의한 일 처리에 관해 싫은 소리 한마디 하지 못했는데 사무실에 둘만 남았을 때 지원 씨가 손끝을 떨며 작은 알약을 삼키는 모습을 목격했기 때문이었다.

"어디 아파요?"

은경의 질문에 지원은 긴장이 역력한 표정으로 고개를 저었다.

"아뇨, 아니에요. 그냥 가끔 심장이 너무 빨리 뛰어서요. 공황까지는 아닌데, 그냥 좀……"

사무실을 나서는데 비가 내렸다. 우산은 지원 씨만 가지고 있었으므로 은경은 택시를 호출한 뒤 그녀가 받쳐 주는 우산 아래에서 기다려야 했다.

"대리님, 저한테 조금만 더 시간을 더 주세요. 제가 원래 이렇지는 않아요. 정말이에요. 조금만 더 기다려 주시면 진짜 잘할게요."

"뭘 엄청나게 진짜 잘할 거까지는 없고, 일단은 더블 체크를 더 열심히 하면서 가 봅시다. 이렇게 우산도

얻어 썼으니까." 은경은 그렇게 말하고 택시를 탔다.

기진맥진한 은경이 집 안에 들어섰을 때 거실의 텔레비전에서는 여느 때처럼 건강 정보 프로그램이 흘러나오고 있었다. 최근 들어 부쩍 잠자리에 드는 시간이 빨라진 엄마는 이미 주무시는지 거실에는 아빠 혼자였다. 소파 앞에 등을 구부리고 앉아 발톱을 깎고 있던 아빠는 고개를 돌렸으나 눈도 제대로 맞추지 않은 채 은경에게 "왔냐." 하고 알은체를 했다.

둥그렇게 말린 아빠의 등을 보면서 은경은 왜 이 밤에 발톱을 깎고 있는지 의아해했다. 은경과 오빠가 어릴 적에 아빠는 밤에 손발톱을 깎는 일을 금지했던 것이다. 이유를 물어도 원래 그런 거라는 말만 반복했다. 아빠는 그 밖에도 일상에서 고집스럽게 고수하는 원칙이 몇 가지 더 있었다. 이를테면 아빠가 퇴근하면 온 가족이 현관 앞에 나와서 제대로 인사하는 것 역시 매일 지켜야만 했다. 외국 영화에서 본 것처럼 포옹하며 온기를 나누는 것도 아니고, 자주 간식을 사 들고 오는 것도 아니어서 고작 "다녀오셨어요." 하는 인사에 "오냐." 한마디 하는 것이 그토록 중요한 일인지 은경은 이해할 수 없었다.

제대로 서서 눈을 맞추고 인사하는 게 중요하다면

서요. 아빠가 강조한 거잖아요, 하고 따져 볼까 싶었
지만 그조차 귀찮아져서 방으로 향하는 은경의 등에
다 대고 아빠가 "그거 취소해라."라고 말했다.

"뭘요?"

"여수 가는 거 말이야."

"이제 금방인데 왜요?"

"아무튼 취소해."

여행 정보 프로그램을 보고는 호텔이랑 교통편 예
약해 달라고 보챌 때는 언제고. 다시 한번 이유를 묻
는 은경의 어투에 짜증이 실렸지만 아빠는 같은 말만
반복할 뿐이었다. 이유를 알게 된 것은 이튿날 아침
겸 점심을 먹기 위해 엄마와 마주 앉았을 때였다.

"맞아, 그래, 그거 취소해야 돼. 생각해 보니까 그
돈이면······. 암튼 그때 아빠는 할머니 댁이나 한번
다녀오기로 했어. 엄마도 갈 데가 있고."

"엄마는 어디 가시게요?"

"느이 오빠 지낼 방 좀 보려고. 아무래도 고시원에
서 집중이 잘 안되는가 봐. 엊그제 저녁 사 주면서 보
니까 애가 눈이 맹해."

그래, 이런 식이지. 은경은 생각했다. 뭐든 자질구
레하게 알아보는 일은 당연히 내 차지고, 그걸 취소하

고 나오는 돈이 들어갈 데는 항상 따로 있지.

"집에서는 텔레비전 소리 때문에 집중이 안 된다고 고시원 들어가 놓고 거기서도 안 된대요?" 별안간 식욕이 뚝 떨어진 은경이 숟가락을 내려놓았다. "그냥 어디 절에 들어가라고 하세요. 채식하면서 살도 빼고 일석이조겠네."

"아이구, 인구가 언제 고기 좋아하디? 닭고기나 좀 먹지. 걔 살찐 거는 밥을 못 줄여서 그래. 뻑하면 두 그릇씩 비우니까. 그런 애를 절에 보냈다가는 큰일 나, 탄수화물 중독인데."

"엄마, 절이야 그냥 예를 든 거죠."

"알았으니까 마저 먹어, 얼른." 엄마는 오빠가 불평을 한 게 아니라 눈치가 그렇다고 변명하듯 웅얼거리며 은경 쪽으로 계란말이 그릇을 밀어 주었다.

하긴 오빠는 가족들 앞에서 투덜거리기는커녕 워낙 말이 없어서 속을 알 수 없는 게 문제였다. 이전 직장을 다니는 동안 벌어진 일들에 대해서도 집에서는 입도 뻥긋한 적 없었다.

"붙기만 하면 우리 인구가 진짜 잘할 텐데. 당장이라도 시켜만 주면." 엄마가 말했다.

"진짜 잘하는 게 뭔데요. 눈이 맹하다면서."

은경은 어깃장을 놓고 화제를 돌렸지만 며칠 뒤 지원 씨와 둘이서만 식사를 하게 되었을 때 조심스레 상담 치료와 우울증 약 복용에 대해 몇 가지 질문을 던졌다. 지나가듯 물어볼 셈이었건만 자기 일처럼 진지하게 들어 주는 지원 씨의 태도에 어느새 오빠가 전 직장에서 겪었던 일에 관해서까지 퍽 자세하게 털어놓게 되었다.

6

여름휴가를 맞은 은경이 참석해야 할 일정이라고는 마카롱 원데이 클래스뿐이었다. 사실 마카롱에 별다른 관심은 없었는데, 강습을 진행하는 대학 동기가 인원 부족으로 취소될 위기에 놓였다며 도움을 청하기에 응한 것이었다. 어딘가로 떠날 계획을 세우지 않게 된 데는 작년까지 네 해를 거듭하여 남자 친구와 휴양지에 다녀온 탓이 컸다.

에메랄드빛 바다, 바다가 내려다보이는 수영장, 거대한 쇼핑몰과 달콤한 열대 과일까지 처음에는 낙원으로 다가왔던 휴양지의 요소들이 이제는 식상하게 느껴졌다. 물론 그렇다고 해서 여름휴가 첫날에 1호선 지하철에 몸을 싣고 노량진으로 향하게 되리라고 기대하지는 않았다. 아마 오빠가 은경이 보낸 메시지와 링크를 보고 짧게나마 어떤 반응을 보였다면 직접 만나러 갈 생각까지는 하지 않았을 것이다. 실은 오늘 아침에 잠에서 깼을 때만 하더라도 전화를 거는 선에서 타협을 보아야겠다고 생각했다. 하지만 은경의 손에 들려 보낼 셈으로 새벽부터 일어나 녹두삼계탕을 끓이며 눈치를 보는 엄마를 보고 마음을 고쳐먹었다. 최대한 빨리 가서 최대한 짧게 보고 오기로.

은경은 계획대로 노량진역에서 삼 분 거리에 있는 카페에서 오빠와 만났다. 녹두삼계탕이 든 꾸러미를 내밀고 링크로 보내 두었던 상담 센터에 대해 다시 한번 설명했다. 지원 씨에게 받은 명함도 건넸다. 엄마가 전하는 이야기를 듣고 예상한 것과 달리 오빠는 무기력하고 멍해 보이지 않았다. 그보다는 손톱 끝과 거스러미를 물어뜯고 연신 하품을 하는 등 산만한 모습이었다. 어느 쪽이건 공부하는 데 집중을 해친다는 점에서는 마찬가지일 것 같았다.

"오전인데 왜 그렇게 하품을 해. 잠 설쳤어?"

"응. 요새 너무 못 자."

다시금 검지를 물어뜯는 오빠를 보며 은경은 지금이라도 택시에 태워서 병원에 데려가고 싶은 마음이

치미는 것을 억눌러야 했다. 그 대신 그 마음을 그대로 오빠에게 전했다. "그리고 싶어도 등치 때문에 힘에서 밀리니까 참는다, 정말." 농담처럼 덧붙이자 오빠는 기운 없는 얼굴로 웃더니 무슨 말인지 알아들었다고 대답했다.

은경은 카페에서 나와 서둘러 지하철에 올랐다. 그대로 집으로 향하면 기분이 처지다 못해 발밑으로 흘러내릴 것 같았으므로 오후에 동기를 돕겠다고 나선 게 다행이라는 생각이 들었다. 쿠킹 스튜디오 안에는 슈거 파우더와 가나슈의 달콤한 냄새가 둥실둥실 떠다녔고 색색의 디저트를 만드는 일은 실제로 기분 전환에 그만이었다.

여름에 잘 어울리는 마카롱 원데이 클래스에서 맨 처음 작업한 것은 위쪽은 라임, 아래쪽은 아이보리로 꼬끄 색을 달리한 라임 코코넛 마카롱이었다. 맛은 두 번째로 만든 무화과 마카롱이 더 마음에 들었다. 연핑크빛 꼬끄 사이에 채워 넣은 필링에서 무화과 씨앗이 톡톡 터지는 게 일품이었다. 은경이 특히 공을 들인 작업은 꼬끄에 스카이블루와 아이보리빛을 뒤섞어 만드는 마블 마카롱이었다. 지금껏 알아챌 기회가 없었는데 마카롱을 만드는 데 소질이 있는 모양이었다. 이론 설명을 듣고 나서 실습이 시작되고부터 "정말 처음 하시는 거 맞아요?" 하는 질문이 쏟아지더니 마블 마카롱의 꼬끄가 완성됐을 때는 박수까지 받았다. "어머, 이거 꼭 지구처럼 보이지 않아요?" 누군가 말하자 아까워서 못 먹겠다는 감탄이 잇따랐다.

돈을 내고 클래스를 신청한 세 명이 돌아간 뒤 동기는 은경에게 얼마간 수업을 들은 후에 자신과 동업해 볼 생각이 없느냐고 진지하게 물었다. "칭찬이 너무 과한 거 아니야?" 하며 손사래를 치면서도 은경은 그날 직접 마카롱을 만들고 맛본 순간보다 짐짓 칭찬을 무르며 겸손한 척할 수 있는 그 순간이 더욱 달콤하게 느껴졌다. 달지 않은 와인이 더해진다면 그 기분을 더 오래 음미할 수 있을 것 같았으므로 은경은 스튜디오에서 나오자마자 소하에게 연락을 넣어 보았다.

소하는 당장이라도 달려가고 싶다고 메시지를 보냈지만 곧바로 눈물 흘리는 이모티콘이 따라붙었다. 이사가 오전에 사무실을 뒤집고 간 여파로 박 차장이 회식을 선포했다면서.

아쉬운 대로 은경은 범상의 집으로 향했다. 범상은 그녀보다 삼십 분쯤 늦게 집에 돌아와서 않는 소리를 내며 이춘복을 입은 채 침대에 몸을 던지듯 누웠으나 은경의 시선을 느꼈는지 방바닥으로 내려와서 입을 열었다.

"너도 아직 저녁 먹기 전이지? 다시 나가기 짜치는데 뭐 시켜 먹자. 네가 골라."

은경은 잠깐 기다리라고 한 뒤에 냉장고에 넣어 두었던 마카롱 한 상자를 접시에 담아 왔다.

"예쁘지? 나 소질 있대."

"파는 거 같은데?"

"정말? 하긴 얼마나 집중했는지 어깨가 다 결린다니까. 이 중에 뭐가 제일 잘된 거 같아?"

범상은 세 종류의 마카롱 중에 한가운데 놓인 마블 마카롱을 집었다. 그러더니 칭찬받은 내용을 전하며 뿌듯함을 만끽할 새도 없이 덥석 베어 물었다.

"야!"

은경이 손바닥으로 범상의 허벅지를 때리자 그는 3분의 1쯤 남은 마카롱을 은경에게 내밀었다. 지구를 연상시킨다던 깊은 하늘빛 꼬끄에 그의 잇자국이 남아 있었다.

"진짜 미쳐, 내가. 홍차도 내려오기 전에 그걸 홀랑 먹냐?"

"먼저 고르라는 얘긴 줄 알았지."

은경이 한숨을 쉬었다. "이럴 때만 빨라 하여튼."

"네 개나 더 있는데 되게 뭐라고 하네."

"내가 올해 들어 처음으로 칭찬받은 거라고, 그거."

"취미는 스스로 즐기려고 하는 거 아니야? 남한테 칭찬받으려고 하는 게 아니라." 범상이 입가에 묻은 가루를 털며 삐죽거렸다.

"논리 왕 나셨네."

"그렇잖아. 좋아서 하는 게 취미잖아. 평가는 일하면서 받는 거고."

"일하면서 좋은 평가를 받을 일이 있어야 말이지!"

"안 그런 사람이 뭐 얼마나 있어……." 범상이 자리에서 일어나 싱크대 쪽으로 향했다. "무슨 차 내려? 홍차면 되는 거야?"

은경은 싱크대 앞에 선 범상의 뒷모습을 바라보았다. 두 사람 사이에 다툼이 줄어든 데는 저 뒷모습의 공이 컸다. 언젠가부터 범상은 언쟁이 시작될 것 같지만 자기가 먼저 굽히고 싶지는 않을 때면 우선 자리에서 일어났다. 그러고는 캔 맥주나 과일 같은 것을 가져왔다. 내올 게 없으면 화장실이라도 다녀왔다. 그렇게 시간을 번 뒤에는 짐짓 없었던 일인 척 화제를 돌리는 것이었다. 그렇게 능청을 떠는 게 귀여워 보일 때도 있었다. 하지만 본격적으로 연애를 시작하기 전에 보여 준 그의 모습을 떠올리면 어찌할 도리가 없이 침울해졌다.

그때 범상은 은경에게 더 이상 그런 대접을 받으며 연애하지 말고 자신에게 오라고 했다. "제가 정말 잘 해 드릴게요." 설렘과 비참함이 번갈아 가며 폭죽처럼 요란하게 터지던 관계를 청산하고 그와 만나기 시작했을 무렵에 범상은 실로 비상한 집중력을 보여 주었다. 은경의 기분을 세세하게 살피고 주저 없이 사과했을 뿐 아니라 사과할 일을 만든 점을 자책했다. 또한 같은 실수를 반복하지 않겠다고 눈을 맞추며 다짐했다. 더 이상 애정을 갈구하지 않아도 된다는 안도감이 은경의 마음 구석구석을 녹여 주었다. 하지만 몇 달 지나지 않아 범상의 태도에서 조심성이 옅어지자 은경은 어쩐지 이럴 줄 알았던 것 같은 기분이 들었다. 자신에게 그렇게 좋은 패가 주어질 리가 없지 싶었던 것이다.

지난 몇 해간 은경과 범상의 관계는 은경이 회사와 맺고 있는 관계와 별다를 바 없는 양상을 보였다. 실은 처음부터 자신이 원하던 이상향과는 거리가 멀었고, 그럼에도 잠시 기대를 걸어 보았고, 기대감이 흔적도 없이 흩어진 후에도 대안이 없으니 지루하게 지속하는 것. 그런 이유로 버티다 보니 크고 작은 단점까지 속속들이 알게 된 게 편하기는 했다. 이를테면 은경은 홍차가 든 잔을 가지고 돌아온 범상의 심사를 건드리며 약 올릴 만한 화제도 술술 읊을 수 있었다. 그중에서 가장 효과가 좋은 것은 물론, 그가 응원하는 프로 야구팀을 놀리는 것이었다.

"즐기면서 하는 것만 취미면 말이야. 그럼 굳이 욕을, 욕을 해 가면서 꼴등 하는 팀에 목매는 그런 피학적인 취미는 어떻게 설명할래?" 은경은 딱하다는 듯 고개를 저었다.

"꼴등은 무슨, 아래로 두 팀이나 있는데."

범상은 펄쩍 뛰며 손사래 쳤다. 그러고는 관심 없다는 기색이 역력한 은경에게 자신이 애정하는 팀이 가진 잠재력에 대해 피력했다. 하지만 그가 응원하는 팀은 그날 경기에서 또 한 번 패배했다. 심지어 8회까지 선전하다가 역전패를 당하는 바람에 범상은 벌게진 얼굴로 화면 속 선수와 코치진에게 삿대질을 하며 퍼붓듯 맥주를 들이켰다.

7

같은 날 밤에 소하 역시 집에 돌아오자마자 인상을 쓴 채로 맥주 캔부터 쥐었다. 원래는 다음 주중으로 예정돼 있던 출장 일정이 고객사의 불평을 접수한 이사의 말 한마디에 금요일 출발로 바뀐 탓이었다. 이사 앞에서는 싫은 내색을 입도 뻥긋하지 않던 박 차장은 회식 자리에서 본인 때문에 출장에 꼼짝 없이 합류해야만 하는 소하를 붙잡고 하소연을 쏟아냈다. 주말을 함께하고 싶지 않은 사람으로 선을 본 남자보다 더 싫은 이를 딱 한 명만 꼽자면 바로 박 차장이었으므로, 소하는 최악이라고 수도 없이 되뇌며 빈 맥주 캔을 구겼다.

금요일 낮에 박 차장은 KTX에 오르자마자 한시도 쉬지 않고 회사 구성원들에 대한 험담을 늘어놓았다. 그가 욕하는 대상은 대체로 중역들이었다. 한 명한 명 언급하며 기본이 안돼 있다거나 생각이 짧다고 지적하는 데 동원되는 예시가 원체 시시콜콜해서 소하는 그의 말을 듣는 것만으로도 세계를 바라보는 시야가 축소되는 기분이 들었다. 듣다 지쳐 잠깐 잠든 척하는 수를 써 보기도 했다. 그러자 박 차장이 음료수를 건넨다는 핑계로 깨우는 극성을 보였기에 별수 없이 기계적으로 맞장구를 치는 방법을 택했다. 그러면서 속으로는 오늘 고객사에게 강조할 내용을 차근차근 되짚어 보았다. 그러고도 B시에 닿기까지 시간이 남았으므로 제품 소개를 시작하기에 앞서 분위기를 부드럽게 할 만한 적절한 농담이 뭐가 있을지 추려보았다.

인사말을 겸한 농담이 제대로 먹힌 것을 시작으로 소하는 준비해 온 자료를 순조롭게 선보였다. 스스로 생각해도 별일이다 싶을 만큼 한마디 막힘없이 말이 술술 이어졌다. 엄밀히 따지면 갑의 위치가 아님에도 갑처럼 굴며 일정 변경을 강요했다던 고객사의 중역은 같은 사람이 맞나 싶게 우호적으로 나왔다. "100점! 나는 이렇게 귀에 쏙 들어오는 설명은 처음 들어 봤지 싶은데!" 하며 퍼붓는 칭찬에 소하 역시 기분 좋게 하루를 마무리할 수 있었다.

숙소인 호텔의 객실에 들어서자 이번 출장에서 가장 중요한 미션은 지나갔다는 상쾌함과 적당한 나른함이 동시에 밀려들었다. 창밖으로 내려다보이는 도시의 전경에 흘긋 시선을 던진 후 소하는 침대에 누워 잠시 눈을 감고 있었다. 다른 객실에서 틀어 놓은 텔레비전의 소음이 희미하게 들렸지만 호텔에 대한 호감도는 변하지 않았다. 무엇보다 베딩이 마음에 들었기 때문이었다. 객실의 청결 상태도 만족스러웠다. 그러다 자세를 바꾸어 모로 누웠을 때 발견한 펜 한 자루가 시선을 잡아끌었다. 침대 옆 협탁에 놓인 메모지 위에 새빨간 펜이 놓여 있었다.

일반적으로 비치해 두는 것은 호텔의 로고를 새긴 검은 볼펜일 터였다. 때로 검은 연필로 대체되는 것도 보았지만 빨간 펜이라니? 소하는 자리에서 일어나 펜을 집어 보았다. 미끈하면서도 도톰한 몸체에 겉면은 스포츠카를 연상시키는 광택이 도는 붉은색 펜이었다. 본체와 뚜껑 어디에도 호텔의 로고는커녕 브랜드명도 적혀 있지 않았다. 혹시 겉만 붉고 실제로는 검은색 펜인가 싶어서 메모지에 1이라고 숫자를 적어 보았다. 호텔의 로고가 새겨진 흰 종이 위에 의심할 바 없는 붉은색 선이 그어졌다.

그 순간 소하는 박 차장의 방에도 붉은 펜이 놓였을까 하는 생각이 맨 먼저 떠올랐다. 사소한 데 꽂혀 기본기를 들먹이며 트집 잡는 데 일가견이 있는 박 차장이라면 이 점을 구실 삼아 소하가 고른 호텔에 대해 한 소리 할 법했기 때문이었다. 설령 숙소 선정부터 출장의 핵심 목적이었던 발표 자료 준비까지 몽땅 소하가 했더라도 얼마든지 그럴 사람이었으므로 소하는 빨간 펜을 짜증스레 협탁 위에 내려놓았다.

창밖으로 시선을 돌리자 해가 저물기 시작한 거리에 붉은빛이 퍼져 나가고 있었다. 체크아웃을 하면서, 그게 껄끄럽다면 나중에라도 호텔 계정으로 메일을 보내 메모용 펜은 검은색으로 비치해 두는 게 좋지 않겠느냐고 건의해 볼까 싶기도 했다. 실제로 박 차장이 핀잔을 준다면 그럴 가능성은 더 높아질 터였다. 메모를 꼭 검은 펜으로 해야 한다는 법은 없지만 한 자루만 놓여 있는데 굳이 새빨간 펜을 고를 게 뭐람. 소하는 다시금 펜을 집어 들어 눈에 띄지 않도록 재킷 안주머니에 숨기듯 꽂아 넣었다.

8

이튿날인 토요일에 조식당은 무척 붐볐다. 소하는 잠시 입구에서 대기한 후에 구석 자리를 안내받았다. 다시 줄을 서서 받아 온 쌀국수를 반쯤 먹었을 때 박 차장에게 전화가 걸려 왔다. 그는 자기가 불러 주는 것을 메모하라고 했고, 소하가 가진 것은 예의 빨간 펜뿐이었다. "잘 받아 적었지?" 박 차장이 확인차 물었을 때 소하는 입으로는 그렇다고 대답하면서 냅

킨 위에 적힌 붉은 글씨 위에 큼지막하게 × 자 표시
를 했다. 그것은 이미 소하가 파악하고 있는 내용일뿐
더러 수치마저 차이가 났던 것이다. 소하는 가볍게 혀
를 차고 쌀국수를 마저 먹었다.

잠시 후에 소하가 막 식사를 마쳤을 때였다. 곁으
로 다가온 웨이트리스가 빈 그릇을 치우기 위해 상체
를 숙이면서 "저도 그 펜을 가지고 있답니다." 하고 속
삭였다.

소하는 그제야 고개를 들었다. 40대 정도로 보이
는 웨이트리스는 실팍해 보이는 어깨하며 접시 여러
개를 겹쳐 쌓아 들고도 안정적인 자세를 유지하는 모
습에서 프로의 풍모가 느껴졌다. 그녀는 "그걸 가지
기까지 너무 오랜 시간이 걸렸지 뭐예요."라고 말하고
는 절도 있는 걸음으로 멀어졌다. 소하는 얼떨떨했다.
난데없는 알은체가 뜬금없기도 했고, 호텔에 비치된
펜을 가지고 있는 게 바로 이곳에서 일하는 사람이
알은체를 할 만큼 별일인가 싶어 의아하기도 했다. 이
붉은색에 뭔가 특수한 염료라도 섞인 것일까? 소하
는 냅킨을 들어 가까이에서 살폈지만 그래 보이지는
않았다.

그녀가 조금만 덜 바쁘면 빨간 펜의 정체에 대해,

의미에 대해 묻고 싶었다. 그러나 레스토랑 안은 여전히 만석이었다. 그에 비해 직원은 숫자가 턱없이 적어 보였다. 빈 음식을 채워 넣는 이의 얼굴도, 테이블 사이를 누비는 이의 얼굴도 졸음과 피로로 굳어 있었다. 그 사이에서 소하에게 말을 건넨 웨이트리스의 활기찬 움직임은 단연 눈에 띄었다. 눈이 마주치자 그녀는 소하에게 비밀 사인을 보내는 듯 눈짓을 보내며 미소 지었다. 여전히 어떠한 연유인지는 알아챌 수 없었다. 그러나 든든했다. 이토록 든든한 미소를 본 적 있었던가 싶을 만큼 마음이 편안해지는 미소라고 소하는 생각했다.

9

그 주 일요일 오후에 선으로 만난 남자와 세 번째로 대면하는 자리에서 소하는 그녀의 미소를 다시금 떠올리게 되었다.

약속 장소는 번화가 대형 쇼핑몰에 위치한 카페였다. 토요일까지 이어진 출장의 여독으로 간절히 쉬고 싶은 마음뿐이었지만, 소하는 세 번을 채우면 더는 만남을 강요하지 않겠다는 부모님의 약속에 쥐어짜듯 기운을 내서 그곳으로 향했다.

"저는 소하 씨가 마음에 듭니다." 남자는 자리에 앉자마자 말했다. "재고 따질 것 없이 마음에 들어요."

소하는 애써 미소를 지었다. 그러니까 고마워하기라도 하라는 말인가 싶었는데 그런 생각을 하는 자신의 마음 씀씀이가 피곤하다는 느낌 또한 막을 도리가 없었다. 어쨌거나 호감을 표하는 말을 굳이 꼬아 들을 게 뭔가 싶었던 것이다.

"성급하게 굴고 싶지는 않지만 소하 씨도 저도 마냥 어린 나이가 아니니까 단도직입적으로 말씀드리겠습니다."

남자는 소하의 어떤 점이 마음에 드는지 설명하기 시작했고, 소하는 그의 말을 가급적 있는 그대로 받아들여 보기로 했다. 그러나 이야기가 계속될수록 소하는 역시 그의 말을 삐딱하게 듣게 되었다. 한없이 길어지는 이야기를 끊고 화장실에 갔을 때 거울에 비친 모습은 울적함을 최고조로 끌어올렸다. 한 주의 피로가 눈가에 드리워진 듯한 자신의 얼굴은 생기 없이 칙칙했다. 남자의 말대로 마냥 어려 보이지 않는 얼굴이었다. 여기서 좀 더 가면 선도 잘 안 들어온다고, 대체 왜 그렇게 눈이 높으냐고 핀잔을 주던 엄마의 말도 떠올랐다. 기운 없이 핸드 드라이어 앞에 서서 물 묻은 손을 말리려던 때였다. 소하의 시선이 벽에 붙은 위생 점검표에 닿았다.

세면기는 깨끗합니까?

거울은 얼룩 없이 닦여 있습니까?

바닥은 물기 없이 관리되어 있습니까?

점검을 위한 질문은 더 이어졌다. 총 열 가지로 이어지는 항목마다 담당자가 두 시간에 한 번씩 체크하도록 마련된 칸에 빨간 동그라미가 있었다. 작고 빨간 동그라미가 일렬로 늘어선 와중에 한 곳만 기준 미달이었는지 × 자로 체크되어 있었다. 그 순간 소하는 새삼 빨간색에 대해 분명하게 인식할 수 있었다.

빨간색은 채점을 하는 색이었다. 대상을 위에서 내려다보며 평가한 사항을 알리기에 용이한 색이었다. 소하는 자신을 재고 따질 것 없이 마음에 든다고 말한 남자가 실은 채점을 하듯 꼼꼼히 재고 따져 봤을 거라는 사실을 새삼 깨달았다. 그는 어떤 기준을 가지고 있었기에 소하가 마음에 든다고 했을까. 그 기준은 배우자가 될 사람을 찾는 데서 자신이 중요하게 두는 가치와 과연 얼마나 일치할까. 소하는 씁쓸한 기분으로 자리에 돌아왔다. 재킷을 걸치고 안주머니에 있는 펜의 단단한 감촉을 확인해 보았다. 그러자

이 펜을 가지기까지 너무 오랜 시간이 걸렸다던 직원의 눈빛과 든든하던 미소가 떠올랐다. 평소에 자신이 가치를 두고 있던 기준들도 차례차례 떠올랐다.

남자는 소하의 얼굴이 창백해 보인다고 말했지만 곧이어 자신이 세우고 있는 앞으로의 계획에 대해 이야기하기 시작했다. 소하는 팔짱을 끼었다. 그러자 재킷 안주머니에 있는 붉은 펜의 존재가 느껴졌다.

"잠깐만요, 노산이요? 얘기가 어느새 거기까지 갔어요?"

"말씀드렸다시피 우리 둘 다 마냥 어리지가 않으니까 서둘러서 나쁠 게 없잖습니까. 저는 소하 씨가 마음에 들어요. 진심입니다."

"네. 아까부터 자꾸 그렇게 말씀하시는데 좀 거슬리네요."

"거슬린다고요?" 남자가 찻잔을 입으로 가져가려던 동작을 멈춘 채 되물었다.

"거슬리죠. 제가 면접을 보러 온 것도 아닌데. 나이 얘기도 그래요. 자꾸 우리 둘이라고 얘기하시는데요. 그렇게 퉁치기에는 갭이 크지 않나요?"

남자는 찻잔을 내려놓으며 손끝을 떨었다. 그는 허둥거리며 몇 마디를 덧붙였다. 요는 소하가 자신의 말을 충분히 이해할 만한 여자로 보였는데 그렇지 못한 것 같다는 것이었다. 명백하게 평가를 내리는 말이었으므로 외려 소하는 마음이 편해졌다. 시계를 확인한 후에 그에게 우리 둘 다 지금 바로 일어서면 아직 귀가하는 데 차가 막히지 않을 시간이라고 일러 주는 것으로 의사 표시를 했다.

카페에서 나온 지 몇 분 되지 않아 득달같이 걸려온 부모님의 전화에 소하는 남자 쪽이 먼저 무례하게 굴었으며, 어쨌든 세 번은 만나겠다는 약속을 지켰으니 다른 말 말라고 선을 그었다. 이제 남은 일요일 오후는 온전히 소하의 것이었다. 소하는 곧장 집으로 향하려던 계획을 바꿔서 가볍게 쇼핑몰을 돌아보았다. 정말 원하는 것이나 필요한 것과는 조우하지 못했으므로 삼십 분 후에는 건물 밖으로 나와 가까운 공원으로 향했다.

공원 입구 근방의 아치형 터널에 만개한 능소화가 드리워져 있었다. 주먹만 한 붉은 꽃이 흘러넘치듯 매달린 덩굴이 만든 그늘 아래를 지나며 소하는 꽃다발 속을 통과하는 기분이 되었다. 일요일 오후의 공원은 나들이객으로 북적였다. 갈증이 난 소하는 아이스크림을 사서 그늘이 드리운 벤치 끄트머리에 걸터앉았다. 그 옆으로 맨발로 걷는 지압 코스가 보였다. 입술을 붉게 물들이며 수박 맛 아이스크림을 먹는 내내 소하는 굽은 높지 않지만 산 지 얼마 되지 않아 발꿈치가 불편한 샌들을 벗어 버리고 지압 코스를 걸을지 말지 고민하다가 마침내 샌들을 손에 들었다.

그러자 누구 말마따나 마냥 어린 취향이라면 시도하지 않을 일이리라는 생각이 들었는데, 알게 뭐냐싶어 키득키득 웃음이 나왔다. 동글납작한 돌이 박힌 구역이 끝나고 예각으로 솟은 구역에 이르자 웃음은 순식간에 가셨다. 발끝이 찌릿찌릿하게 따끔거리는 한편 등줄기가 곧게 서며 개운해지는 느낌이었다. 때마침 불어온 바람이 이마와 목에 난 땀을 식혀 주어서 걸음에 속도를 냈다. 다시금 등장한 맨들맨들한 돌길에 맨발로 서서 바람을 맞았다. 깊이 숨을 들이쉬었다가 내쉬면서 최근 들어 몸도 마음도 이토록 개운한 적이 있었던가 되짚어 보았다.

10

이야기를 마치기까지 소하는 버릇처럼 자주 손가락 사이에 끼운 빨간 펜을 회전시켰다. 그러다 펜을 떨어트릴 것만 같아서 은경은 괜히 마음이 조마조마

했다. 사실 소하가 여름에 겪었다는 일을 듣고 나서도 궁극적으로 무엇이 그녀를 변하게 했다는 것인지 명확하게 손에 잡히지는 않았다. 그럼에도 빨간 펜의 존재가 신경 쓰이는 것은 어쩔 수 없었다.

"너도 한 자루 가져."

소하가 펜을 내밀었다. 은경은 얼결에 받아 든 후에야 손에 쥔 플러스 펜이 소하의 이야기에 등장한 것, 그러니까 도톰한 두께감에 스포츠카 같은 광택의 붉은빛 몸체를 가진 펜과는 다른 것이라는 사실을 깨달았다.

"그건 어디다 뒀어?"

"사무실 서랍 안에 잘 모셔 뒀지."

"박 차장이 긁을 때마다 꺼내 보는 거야?"

소하가 고개를 끄덕였다. "그건 잘 모셔 뒀고 이건 회사 앞에 알파가 세일하길래 들어갔다가 아예 한 다스를 산 거야. 가방마다 안주머니마다 꽂아 놓고 이렇게 중요한 사람 만나면 선물도 하고."

"이건 뭐 전도하는 수준인데?" 은경이 빨간 펜을 가방 안에 넣으며 장난스레 말하자 소하는 한번 믿고 의지해 보라며 싱긋 웃었다.

와인 바로 장소를 옮긴 두 사람은 붉고 향기로운

술을 곁들이며 느긋하게 그간 밀린 화젯거리를 나누었다. 은경은 이제 사진으로만 남은, 지구를 연상시키던 마카롱을 보여 주었다. 소하는 그 푸른빛이 자기 눈에는 마치 은하수처럼 보인다고 말했다.

"우리 다음에 준비 단단히 해서 은하수 보러 갈래?"

태백의 고랭지 채소 경작지 위로 은하수가 보이는 스폿이 있다고 소하가 전했다. 휴대폰에 저장해 둔 몇 장의 사진에는 쏟아지듯 빛을 내뿜는 별 무리 아래 배추밭이 희미하게 형체를 드러내고 있었다. 언제부터 이런 데 관심이 있었느냐고 물으니 앞으로 가져 보기로 했다는 대답이 돌아왔다. 소하는 머릿속을 개운하게 해 주는 명언뿐만 아니라 언젠가 직접 풍경을 눈에 담을 계획을 세우는 것만으로도 설렘을 선사하는 장소를 모으는 중이라고 했다. "날이 갈수록 설렘을 느낄 일이 부족하니까. 직접 좀 만들어 보려고." 그 말이 듣기 좋아서 은경은 자기도 데려가라고 졸랐다. 두 사람은 이미 놓친 여름휴가 대신 주말을 이용해 짧은 여행을 할 계획을 세웠다.

11

그날 밤, 기분 좋게 취한 상태로 잠자리에 든 은경

은 붉은색이 채점을 위한 색이라는 말을 곱씹었다. 정작 빨간 펜이 꿈에 나온 것은 그날 밤이 아니라 며칠 뒤였다. 은경은 스포츠카처럼 광택이 흐르는 펜을 손가락 사이에 끼우고 뱅글뱅글 돌리다가 내키는 대로 점수를 주었다. 도톰한 펜의 감촉이 묘한 여운을 남겼다.

꿈을 꾼 이튿날 퇴근길에는 오랜만에 문구점에 들러서 갖가지 펜이 잔뜩 꽂힌 매대 앞을 서성였다. 소하가 그랬듯이 사무실 서랍 안에 넣어 둘 펜을 고르던 은경은 마침내 마음에 쏙 드는 것을 발견하고 쾌재를 불렀다. 검지와 중지 사이에 감기듯 착 붙는 펜. 그 펜 한 자루를 가지고 계산대로 향하다 말고 은경은 다시 매대 앞으로 돌아왔다. 나누어 주고픈 사람의 얼굴이 떠올랐기 때문이었다. 자그마한 설렘을 느끼며 은경은 자신이 고른 것과 같은 빨간색 펜을 몇 개 더 골라 들었다.

꿈은, 미니멀리즘

1

그 공간은 텅 비어 있었다.

하얀 벽지로 감싸인 방 한편에 원목 스툴 하나가 놓여 있을 뿐이었다.

그럼에도 거기에 뭔가 부족하다는 느낌은 들지 않았다. 소명은 바로 그 점에 매혹되었다.

2

"어쩐지, 네가 블라우스를 두 벌이나 주겠다고 하더라."

채경은 소명의 이야기를 듣고 나서 그간의 의문이

풀렸다고 했다. 요즘 들어 소명이 자기가 보낸 메시지
에 시큰둥한 것 같아 신경이 쓰였다는 말도 덧붙였
다. 사실 채경이 언급한 메시지의 3분의 1쯤은 인터
넷 쇼핑몰 링크가 차지하고 있었다. 결혼식을 올리기
에 앞서 신혼집으로 이사를 준비하고 있는 채경은 새
로 사야 할 것이 차고 넘쳤다. 그녀는 화장대의 디자
인을, 냉장고의 컬러를, 블루투스 스피커의 크기를
고민할 때 소명이 함께해 줬으면 했다.

"나한테 화난 일이라도 있는 줄 알았잖아."

"진짜? 아직 시작 단계라 막상 갖다 버린 건 얼마
없는데 내가 너무 유난이었나 보다. 미안해."

채경은 괜찮다고 말하면서 휴대폰을 확인했다. 그
러더니 급한 메일을 한 통만 보내겠다고 양해를 구하
고는 양손 엄지를 바삐 움직였다. 메일 작성을 끝내
자마자 걸려 온 짧은 통화를 마친 후에야 채경은 소
명과 대화를 이어 갈 수 있었다.

"진작 알려 주지. 나 다이어트하려는 사람한테 계
속 맛집 링크 보낸 거나 마찬가지잖아." 채경은 허탈
한 듯 웃더니 돌연 소명의 어깨를 짚었다. "그럼 오늘
공청기 가지고 나온 건 어떡해? 나 이것도 괜히 가져
온 거 아니야?"

소명은 고개를 저으며 공기청정기는 불필요한 소유와는 거리가 먼 생필품이라는 점을 짚었다. 게다가 자칫하면 버려질 뻔한 것을 되살리는 것이므로 환경을 생각해도 일석이조라고 말했다. 채경은 고개를 끄덕였지만 석연치 않은 표정을 지었는데, 그 이유는 카페에서 나와 그녀의 차 트렁크를 열었을 때 확인할 수 있었다. 소명이 가져갈 공기청정기 옆에 발뮤다의 토스터가 자리하고 있었던 것이다.

"혹해서 사긴 했는데 내가 속 쓰려서 빵을 잘 못 먹으니까 너 주려고 했지. 너도 전에 이거 갖고 싶어 했잖아." 채경의 어투는 마치 변명이라도 하는 것 같았다.

소명은 흔들렸다. 수많은 책과 기사와 블로그를 탐독하며 세워 둔 원칙을 상기했지만 위기였다. 이미 머릿속에서는 죽은 빵도 되살린다며 김이 나는 크루아상을 베어 물던 어느 연예인의 호들갑이 재생되고 있었다. 한때 마음을 동하게 했던, 30만 원에 달하는 가전제품을 공짜로 얻을 기회는 그만큼 유혹적이었다. 소명은 일단 시간을 버는 작전을 쓰기로 했다.

"나 여기서 집까지 가는 동안만 생각해 봐도 돼?"

채경은 그러라고 했고, 소명은 먼저 토스터를 가져간다면 일주일에 몇 번이나 쓸지 생각해 보았다. 아마도 한두 번이 아닐까 예상했지만 정말 빵 맛을 즐기는 데 큰 도움이 된다면 더 늘어날 수도 있을 터였다.

하지만 집 안의 공간을 차분히 떠올리자 정신이 번쩍 났다. 소명의 집은 원룸이었고, 대개의 원룸이 그러하듯 주방이 좁았기 때문에 새로 가전제품을 들인다면 냉장고 위에 올려야 할 상황이었다. 평정심을 되찾은 소명은 채경에게 깜짝 선물을 챙겨 준 마음은 고맙지만 공기청정기만 가져가겠다고 말했다.

"심소명, 비장한데."

채경이 그렇게 말하며 차에서 내리자마자 또다시 그녀의 휴대폰 벨이 울렸다. 당장이라도 눈이 감길 듯 지친 표정과 달리 "기자님, 제가 안 그래도 지금 연락드리려고 했는데……." 하고 말문을 여는 목소리는 간드러지다시피 했다. 통화가 길어졌으므로 같이 날라 주지 못해서 미안하다고 손짓하는 채경을 뒤로하고 소명은 공기청정기를 안아 들었다. 그리고 헉헉대며 계단을 올라 집으로 들어온 뒤에는 토스터를 두고 오기 잘했다고 안도했다. 공간뿐만 아니라 색감 또한 문제였던 것이다. 전체적으로 화이트 톤으로 맞춘 주방에 검고 큼지막한 전자제품을 들였더라면 얼마 지나지 않아 후회했을 게 빤했다.

다음 순간 소명은 빵을 유달리 좋아하는 완주를 떠올렸고, 방금 헤어진 채경에게 다시 전화를 걸어 그 사실을 전했다. 채경이 우물쭈물거리자 "그 김에 자연스럽게 화해도 하고, 좋잖아." 하고 채근했다.

"알았어. 완주 땡잡았네. 그런데 너 맨 처음으로 버렸다는 거, 그건 뭐였어?" 채경이 물었다.

3

큼지막하고 시끄럽고 날름날름 시간을 잡아먹는 것.

침대 왼쪽 벽에 걸려 있던 TV는 저녁 시간을 탕진하게 했으며, '먹방'이라는 공격을 통해 뜻하지 않게 야식을 찾도록 만드는 주범이었다. 소명은 늘 쓸데없이 TV를 틀어 놓는 시간을 줄여야 한다고 생각하면서도 좀처럼 실행에 옮기지 못하고 있었다. 그러기는 커녕 집에 들어오면 어쩐지 적적한 마음에 습관적으로 리모컨에 손을 뻗었다.

미니멀리즘에 관심을 가지게 되었을 때 소명은 드디어 TV와 일별할 기회라고 마음을 굳혔다. 그래서 인터넷 지역 커뮤니티에 TV를 중고 제품으로 내놓았고, 관심을 보이는 이가 나타나자 지체 없이 떠나 보냈다.

　그날 소명은 언젠가는 해야 할 일이라고 여기던 일을 해치운 뒤의 후련함을 맛봤다. 다만 한 가지 마음에 걸리는 게 있다면 몇 해 동안 TV를 걸어 두었던 자리에 나사를 빼낸 자국이 남았다는 것이었다. 네 개의 구멍이 뚫린 벽지에 새삼 신경이 쓰인 소명은 채경과 통화를 마치자마자 이 집으로 이사 온 이래 줄곧 책장 위에 처박아 두었던 지관통을 꺼내 들었다.

　그간 관람한 영화와 공연, 전시의 포스터와 팸플릿 사이에는 자원봉사단으로 활동했던 어느 영화제의 포스터도 섞여 있었다. 짙은 아쿠아마린 빛깔의 포스터를 보자마자 소명의 머릿속에는 영화제 포스터와 같은 색 단체 티셔츠를 받아 들던 순간이, 관객과의 대화가 진행되는 동안 질문을 하려는 관객에게 마이크를 전하기 위해 극장 안을 분주히 가로질렀던 일이 떠올랐다. 평소 자신의 취향과 거리가 먼 탓에 어째서 인기를 끄는지 알 수 없었던 배우를 코앞에서 마주한 뒤 자기도 모르게 "장난 아니다!"라고 육성으로 내뱉고 황급히 도망쳤던 일도 기억났다.

　그런가 하면 아쿠아마린 티셔츠가 근사하게 어울리는 말갛고 날씬한 다른 봉사자를 보며 다이어트를 결심하고, 외국어에 능통한 봉사자를 볼 때마다 하염없이 부러워하던 감정도 생생하게 되살아났다. 묘하게도 그러한 기억조차 지금은 전부 청춘의 추억으로 느껴졌다. 세월이 흐르는 동안 누군가 기억 사이사이에 아쿠아마린 빛깔 물감을 풀어 놓기라도 한 것 같았다.

할 수만 있다면 소명은 스물을 막 넘긴 당시의 자신 앞으로 날아가서 기운을 북돋워 주고 싶었다. 풋풋한 기운이 넘치는 너 역시 단체 티셔츠가 잘 어울리니 기죽을 필요가 없다고 말이다. 단, 영화제 자원봉사단 활동처럼 즐기며 하는 대외 활동은 이것으로 끝이어야 한다는 말도 반드시 전해야 했다. 또래 대학생들이 스펙을 쌓는 과정을 따라가면서 추억도 만들고 있다고 생각할 테지만 그것으로는 한참 부족하다고, 그러다가는 나중에 대기업 취업에 성공한 채경이 받는 연봉의 절반쯤밖에 못 받으면서 일하게 되리라고 말이다. 소명은 가벼이 한숨을 쉬었고, 극히 자연스러운 흐름으로 캔 맥주를 가지러 냉장고 앞으로 갔다. 그리고 냉장고 문을 열었을 때야 정신이 들었다.

미니멀리즘을 실천하며 세간에 알려온 이들, 소명에게는 일종의 선지자와 다름없는 이들이 우선적으로 정리하도록 권하는 것은 대개 옷과 책이었다. 그들은 자칫하면 상념에 잠겨서 일손을 놓기 쉬운 추억의 물품을 정리 후반부에 배치하도록 입을 모아 조언했다. 소명은 선지자들의 말씀을 되새기며 포스터 더미 앞으로 복귀했다. 벽에 붙일 것 하나, 여유분 하나만 남기기로 하고 정리에 속도를 붙였는데 포스터든 팸플릿이든 한 장의 소유 여부를 두고 고민하는 데 오초 이상은 쓰지 않도록 주의했다. 앞으로 쓰이지 않을 것을 알면서도 버리기 아쉬운 포스터는 사진으로 남겨 두었다.

한 시간 뒤 소명은 TV를 들어낸 벽에 아쿠아마린 빛깔 포스터를 붙였다. 그리고 포스터 한 귀퉁이에는 스툴이 놓인 방의 사진을 덧붙여 놓았다. 침대에 모로 누웠을 때 자연스레 시선이 닿는 자리였다. 그날 밤 잠자리에 들기 전에 소명은 한 번 더 그 사진을 바라보았다. 그리고 다짐하듯 이제 진짜 시작이라고 되뇌었다.

4

"내가 얘기해 줄게." 완주는 다짜고짜 그렇게 말했다. "안 쓰는 것 열 개 가지고 있는 것보다 내 마음에

꼭 드는 것 하나를 가지고 쓰자. 그거 따라 하다가 샴
푸 통 하나까지 깔끔한 거로 다 새로 사고 있지? 무지
에서 50만 원쯤 긁었지? 아님 이케아?"

"나도 얘기해 줄게. 그럴까 봐 천천히 진행 중이야.
이번 주에 본격적으로 옷 정리할 거야."

소명의 대답을 들은 완주는 수화기 저편에서 한숨
과 하품이 섞인 듯한 소리를 냈다. 소명은 완주에게
5학년의 문제아는 여전하냐고 물었고, 완주는 더 심
해졌다고 말했다.

완주는 20대 중후반을 임용 고시에 바쳤고, 현재
는 입시 학원에서 파트타임 강사로 용돈을 벌며 취업
을 준비하고 있었다. 그런 그녀가 중고등부 강사 생활
에 어느 정도 적응했을 무렵에 새로운 변수가 생겼는
데 원장의 간곡한 부탁으로 초등학교 고학년까지 맡
게 된 것이었다. 그 일을 계기로 완주는 임용 고시를
포기한 것이 다행인지도 모른다는 생각을 하게 됐다.
5학년 중에 가장 덩치가 큰 아이가 수업 시간에 수
시로 완주의 말을 끊으며 "선생님, 내가 얘기해 줄게
요!"라고 소리를 질러 댔기 때문이었다.

"스트레스 받아서 막 먹다가 나 또 2킬로 쪘잖아.
요새 엄마가 빵을 내 눈에 안 보이게 숨겨 놓는 지경

이 됐다고." 완주가 볼멘소리를 한 뒤에 "토스터 땡큐." 하고 덧붙였다.

"나한테 고마울 게 뭐 있어. 채경이한테 해야지. 너, 그때 말이 심했다고 사과는 했어?"

"응. 했어." 완주가 기운 없이 중얼거렸다. 내가 오버했지 뭐. 인정해."

몇 해 전에 소명은 완주의 성격이 변해 가고 있다고 느꼈다. 얘가 이렇게 꼬아서 말하는 애가 아닌데 내가 과민하게 받아들이는 걸까 하며 끙끙대다 채경에게 이야기하자 그녀도 대번에 동의했다. 두 사람은 완주가 진짜 마지막이라고 정해 두었던 시험을 치르고 반년 만에 만났을 때 어렵게 그 이야기를 꺼냈다. 그러자 완주는 기어들어 가는 음성으로 그간의 과오를 인정했다.

"응, 그랬을 거야. 나보다 한 2년 더 이 생활 한 선배랑 어쩌다 점심을 먹었는데 딱 지금 너희가 나한테 말하는 그게 느껴지더라고. 그 선배 보니까 한 달에 한 번이라도 밖에 나가서 사람들도 만나고 해야겠다 싶더라. 안 그러면 사회성이 진짜 바닥나는 것 같더라고. 그러니까 나도 아마 그랬을 거야."

시선을 물잔에 둔 채 덤덤하게 말하는 완주의 모

습에 소명은 눈물 핑 돌았다. 그날 이후에도 완주는 가끔 가시 돋친 말을 했지만 친구들이 불만을 드러내면 비교적 담백하게 인정했다. 소명 역시 일단 사과를 들은 후에는 뭐든 마음에 담아 두지 않도록 애썼다.

"야! 그래도 친구가 새 삶을 산다는데 응원을 해 줘야지." 소명은 장난스럽게 투정을 부렸다.

"응원하지 그럼. 그냥 신기해서 그래. 네가 옷을 정리하겠다니. 내가 영혼을 빵에다가 팔았을 때 너는 옷에다 판 거 아니었어?"

"묵비권을 행사할게."

"참, 옷만이 아니지. 화장품도 있잖아."

"묵비권이라고."

"야, 그럼 너도 이제 패션 같은 데 신경 안 쓰는 거야? 사복의 제복화? 스티브 잡스처럼?"

5

그럴 리가.

소명은 도리질 쳤다.

자신의 피부 톤조차 제대로 모르던 시절부터 조금씩 확장시켜 온 끝에 비로소 틀이 잡힌 패션이라는 세계를 통째로 폐기하다니, 소명은 생각만 해도 오싹

했다.

조금씩 확장된 패션의 세계가 원룸 안에서는 한쪽 벽의 대부분을 차지하고 있었다. 2미터에 달하는 두 단의 행거가 벽을 가로질렀고, 그 위에는 옷이 잔뜩 걸려 있었던 것이다.

목표는 그중 3분의 1만 남기는 것이었다. 그러면 최소한 한 계절에 자주 입는 옷을 한눈에 파악할 수 있으리라는 계산이 섰기 때문이었다. 옷 정리에 돌입한 날, 소명은 행거 2층에 걸린 옷들을 전부 방바닥에 꺼내 놓고 같은 계절을 두 번 지나는 동안 한 번도 손이 가지 않았던 옷은 반드시 처분하라는 '2년의 법칙'을 되새겼다. 옷 더미 옆에는 처분을 망설이게 되는 옷을 위한 보류의 공간으로 빈 상자를 두었다.

20대 중반까지 고속 터미널 지하상가와 SPA 브랜드를 드나들며 사 모은 옷들은 맨 먼저 내쳐졌다. 유행이 한참 지난 벨루어 소재의 트레이닝복, 사이즈가 작아진 청바지, 김연아 선수가 입은 모습을 보고 홀린 듯 구입한 케이프 스타일의 코트를 골라내면서는 고민할 필요조차 없었다. 행거 2층에 있던 옷 중에 살아남은 옷은 열 벌 중 한두 벌에 불과했다.

하지만 아직 방심하기는 일렀다. 상대적으로 최근

에 구입한 옷들이 행거의 1층에 자리했기 때문이었다. 게다가 핸드백도 전부 1층에 걸려 있었다. 소명은 보다 신중해졌고, 보기만 해서 판단이 되지 않는 옷은 입고서 거울 앞에 서 보기도 했다.

거울 앞에서 한 바퀴를 돌아 본 뒤에도 판단이 서지 않는 산드로의 점프 슈트는 일단 보류 상자에 넣었다. 자라의 트위드 재킷도 보류 상자행이었지만 한동안 마르고 닳도록 손에 쥐었던 발렌시아가의 클러치는 처분하기로 했다. 듀엘의 랩 원피스는 애매했다. 입을 때마다 잘 어울린다는 말을 들었던 옷이라 버릴 생각을 하니 아쉽다 못해 속이 쓰렸다. 하지만 지난 2년 동안 존재 자체를 잊고 있었으니 분명 앞으로도 입을 일이 없을 터였다.

마음을 다잡기 위해 소명은 스툴이 놓인 방 사진에 시선을 던졌다. 압축봉 행거가 벽면을 가로지르는 방은 결코 그 사진이 품고 있는 분위기에 다가갈 수 없었다. 한 계절 동안 자주 입을 옷만 걸어 둘 단선적 디자인의 하얀 행거가, 다른 계절 옷을 담아 침대 아래에 숨길 큼직한 부직포 상자가 배송 중이라는 사실도 되새겼다.

일단 가장 큰 마음의 짐이었던 옷을 정리하고 난

이튿날 소명은 한결 홀가분한 마음으로 책장 앞에 설 수 있었다. 앞으로 더는 들춰 볼 일이 없으리라고 예상되는 책을 끄집어내는 것은 그다지 어렵지 않았다. 대학교 졸업 앨범도 가차 없이 버리기로 했다. 한 시간 만에 작업을 마치고 내친김에 신발장도 열어젖혔다. 신발은 중고 판매가 쉽지 않으므로 골라낸 것은 쓰레기봉투로 직행했다.

그때까지의 과정에서 결단력이 가장 중요했다면 이후는 본격적으로 체력을 요하는 단계였다. 소명은 가득 찬 100리터들이 쓰레기봉투 두 개를 내다 버리고, 버리는 김에 침대 옆의 얼룩덜룩한 러그와 낡은 좌식 테이블도 버렸다. 골라낸 옷 대부분은 기부 단체에 보내고 책은 중고 서적으로 팔았다. 그 주 주말에는 새로 온 행거를 조립하고 구석까지 바닥 청소를 한 후 여름옷을 제외한 옷과 이불을 상자에 담아 침대 아래에 밀어 넣었다.

한 주간 애쓴 결과 소명은 옷과 책이라는 집 정리의 가장 큰 조각을 일요일 저녁이 되기 전에 해치울 수 있었다. 샤워를 마치고 침대 위에 몸을 뉘자 은근한 근육통을 동반한 나른함이 느껴졌다. 평소 같으면 습관적으로 TV 리모컨에 손을 뻗을 시점이었지만 더 이상 TV가 없었으므로 소명은 그저 모로 누운 채 방 안을 둘러보았다.

실내는 한결 간결해진 모습이었다. 전보다 좀 더 넓어 보이기도 했다. 그런 만큼 다음에 치워야 할 화장대 위는 평소보다 난삽해 보였다. 그 외에도 주방과 욕실에 이르기까지 아직 정리할 장소와 물건이 적지 않게 남아 있었다. 하지만 이번 주에 해치운 것들에 비하면 식은 죽 먹기라고 여기며 뒹굴거리다 얕은 잠에 빠져들었다. 소명을 깨운 것은 완주가 보낸 메시지였다. 완주는 속이 다 후련하다는 말 아래에 한 장의 사진을 올려 두었다. 노끈에 꽁꽁 묶인 책더미를 담은 사진이었다. 완주는 소명에게 자극받아서 임용 고시 관련 서적을 전부 내다 버렸다고 했다. 소명은 완주가 그것들을 아직까지 가지고 있었다는 데 놀랐지만 그 말은 전하지 않았다. 그 대신 이렇게 적었다.

내가 얘기해 줄게.

잘했어! 지나간 건 털어 버려야지!

그러자 완주는 소명의 미니멀 라이프를 응원한다면서 스티브 잡스의 명언을 전해 주었다.

7

전 세계가 주목하는 프레젠테이션을 선보이는 자리에 매번 검은 니트 스웨터와 청바지를 입고 나섰던 스티브 잡스. 그는 정말로 중요한 일에 자신이 가진 에너지 전부를 사용하기 위해 옷에 대한 고민 따위는 하지 않는다는 말을 남겼다고 했다.

소명은 그의 말에 전폭적인 공감을 표할 수는 없었는데 패션에 관심을 두고 있어서만은 아니었다. 그보다는 자신이 한 명의 직장인이기 때문이었다. 중요한 프레젠테이션을 하면서 청바지를 입을 수 있는 직장인이 전 세계에 몇이나 될까 싶어 약이 오르기도 했다. 그럼에도 전 같으면 듣자마자 통째로 마음에서 튕겨 냈을 그 이야기가 이제는 미약하나마 가슴에 와닿는다는 사실 또한 완전히 부정할 수는 없었다.

옷을 정리할 때처럼 신발도 3분의 1만 남기고 나니 신발장에 여유가 생겼고, 늘 여러 켤레의 구두가 엉겨 있던 현관에는 그날 신은 신발 한 켤레만 남길 수 있었다. 그 덕에 현관문을 열고 집에 들어서면서부터 쾌적한 기분을 맛봤다. 그뿐만이 아니었다. 하얀색으로 통일한 선반과 행거 쪽은 바라보는 것만으로도 좋았다. 행거 위에서 손가락 한 마디의 간격을 두고 걸어 둔 옷들은 바람이 불면 모빌처럼 살랑거렸다. 거기 걸린 옷은 모두 이 계절에 즐겨 입는 것뿐이었다.

그중 딱 한 벌, 맨 앞에 걸어 둔 보헤미안풍의 푸른 원피스만 제외하면.

보류 상자로부터 부활한 그 원피스는 소명이 처음으로 관람한 록 페스티벌과 첫 해외여행을 함께한 추억이 담긴 옷이었다. 달리 말하면 소명이 '아침형 인간'이 되기 위해 발버둥 치던 시기에 가졌던 짧은 유희의 시간을 밝혀 준 옷이기도 했다.

그 시절 소명은 매일 세 종류의 알람을 맞춰 놓고 잠들었다. 첫 번째 알람은 5시에 울렸는데 대체로 끈 기억조차 없었다. 요란한 멜로디에 진동이 더해져 오 분 간격으로 울리는 두 번째 알람을 정지시키면서도 제대로 의식이 돌아오지 않았으므로 세 번째 알람은 탁상시계로 맞추어 일부러 욕실 문 앞에 두었다. 화재 경보음을 연상시키는 그 알람이 울리면 소명은 앓는 소리를 내며 침대에서 일어나 기다시피 욕실로 향했다.

학창 시절보다 더욱 치열하게 졸음과 사투를 벌이며 영어 회화 수업 아침반에 다니고, 퇴근한 뒤 일주일에 세 번은 반드시 필라테스 수업을 들었다. 그러고서 먹는 저녁 식사는 대체로 샐러드에 닭가슴살이나 달걀 흰자를 곁들인 것이었다. 기운이 달려 꾸벅꾸벅 졸면서도 잠자리에 들기 전에는 반드시 세무 관련 자격증 참고서를 펼쳤으며, 주말에는 학원 수업도 들었다.

1년 남짓한 시간 동안 스스로를 그렇게 몰아붙일 수 있었던 에너지의 근원을 소명은 똑똑히 기억하고 있었다. 그것은 다름 아닌 "저기요."라는 한마디였다.

그 말을 들은 시점은 첫 직장이었던 세무 사무실에서 퇴사한 후 칠 개월간의 구직 끝에 지금 근무하는 설계 사무소에 입사한 직후였다. 전체 인원이 스무 명 남짓한 소기업인 사무소는 주로 저층 건축물의 내부 인테리어 설계와 시공을 진행하는 곳이었다. 오너의 사촌이라는 팀장 아래 소명은 경영지원 팀의 유일한 팀원으로 배속되었다. 그리고 업무를 시작한 지 며칠 되지 않아 이곳에서 연차가 쌓여 봤자 흔히 말하는 '물경력'밖에 되지 않으리라는 사실을 알 수 있었다. 인사 관련된 업무는 거의 없다시피 했으며, 실질적인 회계와 세무 업무는 전문 회계사와 세무사를 통해 처리되었던 것이다. 그럼에도 소명은 늘 혼자 분주했다. 팀장이 빈둥거리는 동안 비품과 복리 후생 관리, 각종 전표 처리에 대표 일정까지 챙겨야 했기 때문이었다.

"저기요, 탕비실에 녹차 티백 떨어졌던데요."

고작 스무 명이 일하는 사무실에서 함께 일하는 동료가 자신을 '저기요.'라고 부르고 이름을 묻지조차 않던 그날의 충격을 소명은 잊지 못했다. 당신은 얼마나 잘났기에 같은 직장에 다니는 사람을 그렇게 부를 수 있느냐고 따져 묻고 싶었지만, 순전히 스펙만으로 본다면 그가 자기에 비해 상당히 잘난 사람이라는 사실을 인정하지 않을 수 없었다. 사실 직장 내에서 건축 분야의 비전공자인 데다 내세울 만한 학벌도 가지고 있지 않은 사람은 팀장과 소명뿐이기는 했다. 그 이야기를 하자 부모님은 회사에서 결혼할 남자를 한 명 잡으면 되겠다며 오히려 반색했다.

잡기는 뭘 잡아. 소명은 생각했다. 아마 잡으면 "저기요, 놓으세요." 할 것이라고 말이다.

그때부터 한동안 소명은 주변에 비해서 자신이 뒤처지고 부족한 점을 채우는 일에 매달리게 되었다. 잠을 줄이고 식사량도 줄였다. 그러면서 쌓인 스트레스는 대부분 쇼핑으로 풀었다. 특히 옷과 화장품을 사는 데 빠져 있었다.

그중 옷은 정리를 마쳤으므로 이제 화장품 차례

였다.

선지자들이 이르는 화장품 정리의 첫 번째 순서는 유통기한이 지난 것을 모아 버리는 것이었다. 소명은 먼저 오래된 립스틱을 골라내기로 했다. 케이스만으로도 사랑하지 않을 수 없었던 톰 포드 네이키드 코랄이여 안녕. 이렇게 보내는구나. 잘 가렴 맥 루비우. 네 덕에 내 얼굴에는 매트 립이 안 받는다는 걸 알았구나, 하고 인사말도 건넸다.

다음으로 아이섀도가 가득 든 바구니를 뒤엎었을 때였다. 소명은 한동안 아무리 찾아도 없어서 잊어버린 줄만 알았던 샤넬의 브로치를 발견하고 탄성을 질렀다. 동시에 그것을 선물한 사람을 떠올렸다. 그는 그때까지의 연애 상대 중 소명에게 가장 많은 선물을 안겨 주었던 남자였다. 잠시 일손을 멈춘 소명은 그 사람은 요즘 어떻게 지내려나 하는 생각을 했는데, 그 일이 주술적 효과라도 불러일으킨 양 며칠 후에 그에게서 전화가 걸려 왔다.

8

"네가 어쩐 일로 처음 보는 남자를 집에다 다 들였어? 자초지종부터 자세히 말해 봐."

완주는 음료를 주문하자마자 두 눈을 반짝이며 물었다. 그러나 소명은 잠시 숨을 돌리자고 했다. 철강 공장을 리모델링해서 만들었다는 펍의 인테리어에 시선을 끄는 요소들이 넘쳤기 때문이었다. 은은한 황금빛 조명을 받으며 맞물려 굴러가는 수십 개의 톱니바퀴 오브제를 비롯하여 크고 작은 기계의 부품과 설비가 매장 안 곳곳에 배치되어 있었다. 소명은 한 달에 한 번씩 '문화적 보상 데이'를 갖는 완주를 따라 옛 공장이나 주택을 개조해 만든 핫플레이스를 여러 군데 가 보았다. 하지만 이곳처럼 그 공간이 본래 가지고 있던 물성을 적극적으로 인테리어에 활용한 곳은 처음이었다.

사실 그동안 소명은 인테리어에 도통 흥미가 가지 않았다. 그런데 요즘 들어 문득 자신이 직장인으로서 몸담고 있는 분야에 지금까지 너무 무관심했던 것은 아닐까 하는 데 생각이 미쳤다.

"얘가 집을 치우더니 어른이 되어 가네." 완주가 말했다. "여기서 길 하나만 건너면 러시아 사람들이 직접 하는 펍이 있다는데 이따 한번 가 볼래? 거기도 이국적으로 잘 꾸며 놨대."

"좋지. 너 한 달에 딱 하루 노는데 한군데 죽치고

있기도 아깝고."

"그럼 2차까지 정해졌으니까 빨리 얘기해 봐. 어떤
남잔데? 아니다. 순서대로 그 말 많은 구 남친 얘기부
터 해야지. 설마 다시 만나는 건 아니지?"

"절대 아니야." 소명이 거세게 고개를 저었다. "그
인간은 재활용이 안 되는 인간이야. 내가 통화한 지
오 분도 안 돼서 아주 학을 뗐다니까."

두 해 전에 소명에게 선물 공세를 퍼부었던 그는 애
틋한 음성으로 오랜만이라고 인사를 건네며 안부를
물었다. 그리고 그럭저럭 지낸다는 소명의 말이 끝나
기 무섭게 자신의 신상에 대해 전했다.

그는 이번에 승진했는데 이직을 하고 얼마 지나지
않은 시점이라서 주변에 이만저만 눈치가 보이는 게
아니라고 했다. 이어서 자신이 받는 연봉의 액수를
암시했고, 새로 구입한 차를 몰고 다닐 시간이 날지
모르겠다는 말도 했다. 이후에도 투정을 빙자한 자랑
이 삼십 분 가까이 이어졌다. 어쩌면 이렇게! 하고 소
명은 감탄을 금할 수 없었다. 어쩌면 이렇게 변함이
없을까. 나이가 마흔이 다 되도록 어쩌면 이렇게 자기
자랑 하는 데만 급급할까.

"그게 다 목이 말라서 그런 거야." 완주가 킬킬대며

말했다. "우리 원장도 그래. 자기 잘난 걸 온 세상이 알아줘야 되는데 아니니까 칭찬에 목이 마른 거지. 정신 연령이 5학년 수준인 거야."

"그래서 그런 건가?"

"그렇다니까. 야, 그럼 처음 본 남자는? 설마 그 남자도 말이 많아?"

소명은 잠시 말을 골랐다. 사실 동우 역시 말수가 많은 편에 속했다. 또한 엄밀히 말하면 그는 처음 보는 사람이라고 분류할 수 없었다.

동우는 소명이 최근에 가입한 지역 카페에서 열심히 활동하는 회원이었다. 소명은 토요일에 진료받을 수 있는 이비인후과를 묻는 글, 맛있는 바게트를 파는 빵집을 찾는 글처럼 유용한 정보 글에서 동우의 댓글을 보았다. 그리고 주방 정리를 감행한 소명이 미니 믹서를 무료로 나누어 주겠다는 글을 올리자 그가 맨 먼저 댓글을 달았던 것이다.

만날 시간과 장소를 정하기 위해 연락을 주고받으면서 소명은 동우가 집에서 십 분 거리에 위치한 빈티지 숍을 운영하고 있다는 사실을 알게 됐다. 방문한 적은 없었지만 스쳐 지나가면서 본 적 있는 곳인 데다 외출을 앞두고 있었으므로 소명은 미니 믹서를 동우의 가게까지 가져다주었다.

흔한 지역의 무료 나눔으로 그칠 뻔했던 만남이 다른 양상을 띠게 된 것은 소명이 매장 입구 가까이 놓인 화분에 시선을 던지면서였다. 빈티지 수프 컵을 활용한 세 개의 앙증맞은 화분을 칭찬하자 동우는 쑥스러워하면서도 허브의 종류를 일일이 설명했다. 소명은 지나가는 말로 식물을 키워 보고 싶은데 경험이 없다고 이야기했다. 그러자 동우가 마침 허브 씨앗을 넘치게 샀다며 나눠 주겠다고 나선 것이었다.

"수작들 부렸구만. 허브 씨가 무거운 것도 아닌데 그걸 가지고 같이 집으로 갔다고?"

"그때는 손님이 들어와서 일단 헤어졌어. 다음 날 그 사람 가게 마치고 나서 차 한잔 했지."

카페에 들어서면서 침묵으로 가득 찬 어색한 시간이 되지 않을지 염려했던 소명은 음료가 나오기도 전에 자신이 괜한 걱정을 했다는 사실을 알게 됐다. 동우는 수다스럽게 느껴질 만큼 이야기하는 것을 좋아했으며 소명에게 질문을 던지는 타이밍 또한 지극히 자연스러웠다. 그래서 소명은 대학에서 경영학을 전공한 이래 현재의 직장에서 5년 넘게 근무하게 되기까지의 일들을 술술 말하게 됐다. 한때 아침형 인간이 돼 보려고 노력하다가 편두통만 얻고 지쳐서 포기한 이야기, 상담 대학원 진학을 두고 오래도록 고민했던 일까지 털어놓았다.

"뭘 시작할 기운이 안 나요. 이제는 나한테 남은 게 별로 없는 거 같아요. 그런데 아직 20대면 이런 기분은 못 느껴 보셨겠죠?" 소명이 뒤늦게 겸연쩍어하며 말했다.

"누나! 저 그 기분, 너무 잘 알아요!" 어느새 동우의 입에서 누나라는 호칭이 나왔다. "저는 그게 스물두 살에 왔어요. 그때 완전히 번아웃이었거든요."

동우는 먼저 자기 부모님의 열렬했던 교육열에 대해 설명하기 시작했다. 아들 둘을 특목고와 명문대에 합격시키기 위해 가계에 무리가 갈 정도로 금전적 투자를 퍼부었으며, 매질에 가까운 체벌 또한 서슴지 않았다는 것이었다. 동우는 결국 재수 끝에 부모님이 원하는 학벌을 가지게 되었다. 그러나 첫 학기를 마치기도 전에 대학에 흥미를 잃었다. 대학뿐만 아니라 사는 일 자체가 마냥 지루하고 의미 없이 느껴졌다. 그나마 관심이 가는 일이라고는 뒤늦게 시작한 게임 '리니지'뿐이었다.

그해 하반기 리니지에 빠져 허송세월하는 동우를

보며 부모님은 눈물을 흘리기도 하고 폭언을 퍼붓기도 했다. 그러나 당시에 동우는 그 모습을 보면서도 마음이 아프거나 미안하지 않았다. 어쩌라고, 하는 마음뿐이었다. 하고 싶은 것도 없고 다 귀찮기만 한데 그럼 어쩌라고. 속으로 그렇게 수도 없이 외쳤지만 그 말을 입 밖으로 꺼내는 것조차 귀찮았다.

그러다 군대를 제대하고 온 형에게 반강제로 이끌려 떠난 여행이 인생을 바꿔 놓았다. 아무 계획 없이 떠난 여행이었으므로 동우는 게스트 하우스 건물의 옥상이나 공용 공간의 소파, 근처의 호숫가와 카페에서 몇 시간씩 멍때리는 시간을 보냈다. 그러다 보니 조금씩 사람들과 어울리고 싶다는 생각이 들었다. 게스트 하우스에서 스치는 이들과 더듬더듬 영어로 잡담을 나누었고, 이따금 한국인 관광객이라도 만나게 되면 몇 시간씩 수다를 떨기도 했다.

형이 한국으로 돌아간 뒤에도 동우의 여행은 이어졌다. 몇 번씩 국경을 넘으며 점점 더 짐이 줄어들었고 나중에는 정말 배낭 하나만 메고 다녔다. 필요한 건 그때그때 플리마켓이나 리사이클 숍을 통해 해결했고, 남들에게 가치를 다한 물건 중에 알짜배기를 고르는 일에서 쾌감을 맛봤다. 특유의 수다스러운 성격으로 옆에서 옷을 고르는 사람들에게 참견하는 일도 잦았다. 한번은 얇은 물빛 렌즈의 선글라스를 손에 들고 고민하는 중년의 외국인에게 당신한테 무척 잘 어울리는 디자인이니 꼭 가져가라고 말해 주었다. 그러자 상대는 벙긋 웃으며 선글라스를 쓰고서 동우에게 말했다.

"What's your name, my friend?"

이름이 뭐야, 친구? 라니, 일종의 형용 모순인 그의 말에 동우는 웃음이 나왔다. 그리고 친구와 함께 빈티지 숍을 열게 됐을 때 그곳에 유쾌한 만남이 가득하기를 바라며 그 대사를 가게 이름으로 정했다.

소명과 동우가 서로의 인생사 전반을 털어놓고 나자 점원이 그들에게 다가와 마감할 시간이 되었음을 알렸다. 두 사람은 언제 시간이 이렇게 흘렀나 놀라며 황급히 자리에서 일어났다. 동우는 그제야 타이바질 씨앗을 소명에게 건네고는 물에 적셔 발아시킨 후에 심으라고 일렀다.

"발아를 시킨다고요?"

예쁜 화분을 사서 씨앗을 뿌리기만 하면 되는 줄 알았던 소명이 당혹스러워하자 동우는 어려울 것 없다며 자신이 집에 가서 직접 해 줄 수도 있다고 했다.

초면이나 마찬가지인데 집이라니 싶어 망설이는 소명의 표정을 읽은 동우는 그럼 사진으로 발아시키는 방법을 보여 주겠다며 스마트폰을 들었다.

설명을 들은 후에도 씨앗을 발아시킬 자신이 들지 않아서 소명은 결국 동우를 잠시 집에 들이기로 했다. 불쑥 그런 결정을 할 수 있었던 데는 그의 신원 정보를 꽤 자세히 안다는 점이 긍정적인 요소로 작용했다. 그가 운영하는 매장의 위치를 알았으며, 조금 전까지 나눈 이야기를 통해 부모님 두 분의 직장까지도 알고 있었으므로. 하지만 그보다 우선한 조건은 현재 자기 집이 말끔하게 정돈돼 있다는 점이었다. 언제든 누구에게나 보여 줄 수 있을 만큼 정돈된 공간을 가지게 된 것은 고작 며칠 되지 않았던 것이다. 그 순간 소명은 스스로를 칭찬하고픈 기분이 들었다.

"난 칭찬 못 해." 완주가 심통을 부렸다. "그래서 정말 허브 씨앗만 불려 놓고 가셨다?"

"씨앗을 발아시킨다는 게 진짜 신기해. 치아 시드처럼 불더니 싹이 난다니까. 사진 있는데 볼래?"

"그래 잘 키워 보고. 그 남자 사진은 없어?"

"없어."

"가게 이름이 뭐라고? 인스타 뒤져 보면 나오겠

지?" 완주는 휴대폰을 집어 들더니 돌연 박수를 짝 쳤다. "야, 너 채경이 드레스 봤어? 걔 너무 나갔던데 너도 좀 말려."

완주는 소명에게 채경과 주고받은 사진을 보여 주었다. 그러자 소명의 입에서 "장난 아니다."라는 말이 절로 나왔다.

9

한 달여간 이어진 집 정리의 대미를 장식한 것은 서류 정리였다. 소명은 캐비닛 맨 아래의 서랍 두 칸을 뽑아 들고 마구잡이로 담아 두었던 서류 뭉치를 바닥에 쏟아부었다. 그다음 과정은 이미 익숙한 것이었다. 더 이상 사용하지 않는 가전제품의 품질 보증서, 몇 해나 지난 카드 고지서 같은 것들을 고민 없이 골라내고 죽죽 찢었다. 그렇게 나온 쓰레기를 가져다 버리는 데까지 이십 분도 걸리지 않았다.

문제는 마지막 정리 작업을 짧은 시간에 마쳤음에도 어쩐지 찝찝한 기분이 든다는 사실이었다. 소명은 살아남은 서류가 든 클리어 파일을 꺼내 클립으로 집어 둔 지난 5년간의 건강검진 결과를 비교하며 빈둥대다가 퍼뜩 놀라 자리에서 일어났다. 남아 있어야 할 세 종류의 보험증서 중 한 가지가 없다는 사실을 확인한 순간, 때마침 동우가 연락해 왔으므로 소명은 한숨 섞인 어투로 고했다. 이제부터 내다 버린 쓰레기 봉투를 도로 가져와서 뒤져 봐야 하는 처지라는 사실을.

"어느 회사에 든 보험인지는 아시는 거죠?" 퇴근길에 곧장 달려와 준 동우가 물었다. "그럼 메일 한 통만 보내면 돼요. 바로 재발급되니까."

한시름 놓은 소명은 일순 당황한 탓에 쉬이 짐작할수 있는 해결책을 떠올리지 못한 점이 민망하여 헛웃음을 지었다.

"심지어 전에 회사에서 비슷한 건으로 보험사에 전화도 건 적이 있는데 말이에요. 잠깐 뭐에 쓰이기라도했나 봐."

"요즘 기가 허하신 거 아니에요? 『동의보감』에서는 이럴 때 치맥이라도 하면서 원기를 보충하라고 하던데."

"맞아요. 『본초강목』에서도 원기 보충에는 그만한 게 없다더라고요."

동우가 평소에도 종종 찾는다며 안내한 치킨집은 테이블 사이의 간격이 널찍하여 번잡스럽지 않은 데다 맥주 탭이 다섯 종류나 있었다. 하지만 치맥이라는 말이 무색하게도 치킨집에서 그가 주문한 것은 맥주가 아니라 사이다였다.

"전 술이 체질적으로 안 받거든요."

겸연쩍은 듯 입을 연 동우는 소명이 가지고 있는 보험의 종류를 구체적으로 물었다. 그는 또한 부모님이 들고 계신 보험도 이 시기쯤 반드시 체크해 보아야 한다고 강조했다. 특히 입원비를 지급하는 보험이 중요하다면서 권하는 보험사와 피해야 할 보험사를 일러 주었다.

"부업으로 보험 해요?"

"아뇨. 재작년에 엄마가 교통사고를 당했거든요. 그때 보험사가 너무 치사하게 나오는 거예요. 피 튀기게 싸웠어요, 그때."

"고생 많았겠네요."

"엄마도 저 때문에 고생 많았으니까 그거야 뭐." 동우가 싱긋 웃었다. "그러니까 꼭이에요, 꼭. 엄마 아빠 보험 증서 다 꺼내 놓으시라고 해서 보장 내역을 처음부터 끝까지 제대로 봐야 돼요. 의외로 어른들이 그런 거 잘 못하세요."

"알았어요, 알았으니까 치킨도 좀 먹으면서 잔소리

해요."

"화분에 물은 매일 주고 계시죠?"

닭의 목을 집어 든 동우가 물었다. 소명은 그렇다고 했지만 대답을 망설이는 것을 동우가 눈치채지 못할 리가 없었다. "애정을 주셔야죠!" 하고 이어지는 동우의 잔소리가 어쩐지 듣기 싫지 않다고 소명은 생각했다.

10

새싹에는 신비한 힘이 있었다. 키친타월 위에서 발아한 씨앗을 손바닥만 한 화분에 옮겨 심은 뒤에 소명은 화분에 물 주는 시간을 고대하게 됐다. 작고 가느다란 한 쌍의 초록 잎을 보면 자기도 모르게 미소가 지어졌다. 채경은 소명의 마음을 알 것 같다고 했다. 어머니가 텃밭 일구는 것을 취미로 가지고 있었기 때문이었다.

"엄마가 우리 집에 오면 분명히 사람 사는 집 같지 않다고 한 소리 할 거야. 화분 하나 없는 집은 볼품없다고 그러시니까."

채경이 말했다. 화분 하나 놓이지 않은 집은 자칫 살풍경해 보일지 몰라도 볼품없다는 말은 지나친 겸

손이었다. 채경의 신혼집은 아파트 19층으로 방이 세 개 달린 33평형이었다. 부드러운 촉감의 크림색 소파와 감각적인 디자인의 티 테이블, 에어컨, 벽걸이 TV만 놓인 거실은 환하고 쾌적해 보였다. 소명은 비어 있는 공간이야말로 그 자체로 인테리어라는 말을 다시금 절감했다.

새집에 이사 오면서 정리 정돈이 쉬운 공간을 꾸미고 싶은 마음과 수집품을 잔뜩 늘어놓고 싶은 마음이 충돌했던 채경은 소명 덕분에 해결책을 마련했다며 고마움을 표했다. 그 해결책이란 가득 찬 공간과 비워 두는 공간을 분리하는 것이었다. 그리하여 채경은 신혼집의 거실뿐만 아니라 침실에도 최소한의 가구만을 두었다. 그 대신 서재는 그녀와 남편이 지금까지 모은 책과 잡지, DVD로 가득 차 있었다. 게다가 책장 사이사이에 남편의 수집품인 미니언즈와 심슨 피규어를 세워 둔 터라 소명은 지나가면서 뭔가를 떨어뜨릴까 봐 자기도 모르게 어깨를 움츠리게 됐다.

혼잡하기는 옷방 또한 마찬가지였다. 방의 한쪽 바닥에는 각종 운동화 상자가 즐비했는데 그 역시 채경 남편의 수집품이었다.

"운동화 모으는 건 존중할 테니까 상자는 버리자

고 했더니 사색이 되더라고."

"그래도 이렇게 패션에 관심이 있는 사람이니까 그 드레스를 같이 맘에 들어 했을걸. 완주만 하더라도 나더러 너 좀 말리라고 난리야."

채경이 가벼이 한숨을 쉬었다. 그녀가 선택한 웨딩 드레스는 무릎선 위에서 끝나는 미니 드레스 스타일이었다. 채경은 원래 미니 드레스에 로망을 가지고 있었고, 실제로 입어 본 것 중에서도 그 드레스가 가장 마음에 들었다. 언제든 신부 대기실에서 벗어나 손님을 맞이할 수 있으리라는 점에서도 기대가 컸다. 하지만 남편 외에는 모두가 반대하고 나서서 주눅이 든다고 했다.

"완주가 나더러 연예인도 아니면서 그게 무슨 유난이냐고 그러더라. 넌 어떻게 생각해? 사람들이 속으로는 다들 나한테 유난이라고 욕할까?"

"뭘 유난이랄 것까지야. 완주가 오버했네."

채경은 "그렇지?" 하더니 휴대폰 벨이 울리는 거실로 뛰어나갔다. 통화를 마친 후에도 곧장 몇 건의 메시지를 확인하고 바로 답해야 하는 통에 채경은 소명에게 거듭 양해를 구했다.

"미안, 우리 무슨 얘기 하고 있었니?" 채경이 비로

소 휴대폰을 손에서 내려놓으며 말했다. "나 요새 건망증이 너무 심해졌어. 이 회사 다니면서 집중력이 떨어져서 그런가?"

"스티브 잡스 같은 사람들은 집중력도 좋았겠지?"

소명이 반문하자 채경이 말의 의도를 모르겠다는 듯 고개를 갸웃거렸다.

"완주가 얘기해 준 건데, 스티브 잡스가 그랬대. 정말 중요한 선택을 하는 데 집중하고 싶으니까 옷에는 신경 안 쓴다고. 웨딩드레스는, 봐. 그거 둘 다에 해당되잖아. 정말 중요한 옷을 선택해야 되는 거니까."

"맞다. 우리 웨딩드레스 얘기 하고 있었지. 아, 이번 주 안에는 컨펌해야 되는데."

"네 마음에 쏙 드는 게 있는데 남들 눈 때문에 못 입으면 그게 더 후회되지 않겠어? 네 결혼식인데."

채경은 소명의 말을 들으며 어딘가 석연치 않은 표정을 지었다. 결국 주변의 성화에 자기 취향을 포기하려는 모양이라고 소명은 짐작했다. 하지만 채경은 "마크 저커버그." 하고 말했다.

"응?"

"그거 스티브 잡스 아니고 마크 저커버그 얘기라고. 그 사람도 회색 티만 입잖아."

채경이 웃었고 소명도 따라 웃었다. 어찌 됐든 유난이라는 반응에는 신경 쓰지 말라고 하자 채경은 아무래도 그래야겠다고 말하며 두 팔을 한껏 들어 올리고 기지개를 켰다.

11

옷, 책, 화장품, 신발, 낡은 세간, 주방과 욕실의 구석구석과 서랍 속까지 치우며 계획했던 정리 작업을 모두 마친 소명은 자신의 방 안을 훑어보았다. 그리고 스툴이 놓인 방의 사진에 시선을 던졌다. 이 단계가 되면 어느 정도 비슷한 분위기가 나지 않을까 하고 소명은 기대해 왔다. 하지만 달랐다. 몇 가지 결정적인 요소가 빠져 있는 듯했다.

그중 한 가지는 공간의 넓이였다. 예의 스툴 사진뿐 아니라 소명이 동경하는 미니멀리스트들의 집은 윤기 나는 마룻바닥을 드러낸 채 비어 있는 공간이 있었다. 원룸에 거주하는 미니멀리스트 중에 접이식 매트리스를 고집하는 이가 존재하는 이유를 소명은 이제야 알 수 있었다. 대부분의 원룸에는 여백의 미를 느낄 만한 공간 자체가 성립하지 않으니까. 특히 지금처럼 침대 발치에 건조대를 펼쳐 놓았을 때 여백의 미라는 것은 손에 닿지 않는 사치품처럼 자신의 방과는 거리가 먼 얘기가 되어 버렸다.

하지만 모자란 점은 그뿐만이 아니었다. 건조대를 정리한다고 하더라도, 심지어 침대를 치운다고 해도 해결되지 않을 근본적이고 결정적인 문제가 있는 것만 같았다. 다소 울적한 기분이 되어 침대에 걸터앉아 있던 소명은 잠시 뒤에 자리에서 벌떡 일어났다. 방 안을 사진으로 보면 느낌이 조금 다를 수도 있다는 데 생각이 미친 것이다.

침대 위에 적당히 구겨져 있는 하얀 시트, 가운데에 노트북이 놓였을 뿐 깔끔하게 비어 있는 작은 탁자, 그 옆으로 아쿠아마린 빛깔 포스터까지 건조대를 등지고 찍은 사진의 전반적인 느낌은 그럭저럭 나쁘지 않아 보였다. 보정 어플을 통해 콘트라스트를 조정하자 좀 더 봐 줄 만해졌다. 그러나 거기까지였다. 사진 속 공간이 마음에 쏙 드는가 자문한다면 소명은 여전히 대답을 망설이게 되었다.

더 치워야 할 것을 놓치고 있는 것은 아닌지 소명은 방 안을 차근히 둘러보았다. 점심시간을 맞이한 동우에게서 연락이 온 것은 바로 그 시점이었다.

"잘 지내시죠? 새싹 점검단입니다."

소명은 동우의 목소리를 듣고 미소 띤 얼굴로 화분 앞에 섰다. 그리고 자기도 모르게 비명에 가까운 소리를 냈다. 새싹 끄트머리가 팥죽색을 띠며 시들어 가고 있었다. 소명은 뜻대로 되는 일이 없다며 자기도 모르게 볼멘소리를 했다. 동우는 아쉬운 듯 혀를 차더니 이유는 간단하다고 말했다. "물, 아니면 바람이나 햇볕이 포인트죠, 뭐."

햇볕.

그 말을 듣자마자 소명은 조금 전까지 골몰하던 문제의 해답을 알게 됐다. 단순하면서도 청결하고 안락한 분위기의 공간이 담긴 사진에는 항상 햇살이 담겨 있었다. 스툴이 있는 방 사진 또한 마찬가지였다. 벽면과 스툴, 바닥을 가로지르며 부드러운 햇살이 드리워져 있었던 것이다. 소명의 집은 동향이라 동이 트고서 오전까지만 햇볕이 들었으며 침대 머리맡에 난 창도 크지 않았다. 소명은 자기도 모르게 한숨을 쉬었다. 그러자 동우는 새싹을 되살릴 해결책이 있다고 말했다.

"솔루션을 드리는 김에 선물도 하나 드릴게요. 특별한 걸로."

동우가 십오 분 안에 도착한다고 했으므로 소명은

건조대에 널어 둔 옷을 개기 시작했다. 건조대만 치우면 언제든 방문자를 맞이할 만한 정리 상태를 유지하고 있다는 점에서 조금 전보다 기분이 나아졌다. 그때 눈에 띈 것이 행거 맨 앞에 걸어 둔 원피스였다. 특별한 선물도 있다니까, 하고 생각하며 소명은 아주 오랜만에 그 원피스를 입어 보았다. 벌룬 소매에 치마 끝단에 태슬이 찰랑거리는 원피스는 유행이 지난 스타일이었다. 그럼에도 여전히 그 옷이 좋았다. 다리를 스치는 얇고 시원한 원단의 촉감을 느끼며 소명은 역시 이 원피스는 가지고 있어야겠다고 마음먹었다.

얼마 되지 않아 도착한 동우가 제시한 해결책은 간단했다. 화분을 옥상에 올려 두는 것이었다. 소명은 이 집으로 이사 온 이래 한 번도 옥상에 올라가 본 적이 없었고, 그곳에 이미 화분이 한두 개쯤 있으리라는 동우의 말에 반신반의했다. 하지만 옥상에 올라가자 직사각형의 큼지막한 화분에 가득 심어진 상추와 깻잎이 보였다. 그 옆에는 코끼리 모양의 물뿌리개가 놓여 있었다.

동우는 옥상을 한 바퀴 돌며 고심하더니 오후까지 햇볕이 잘 드는 자리에 화분을 놓고는 듬뿍 물을 주었다. 그리고 진짜 좋은 것은 이제부터라며 메고 있던 백팩에서 접이식 낚시 의자를 꺼내 펼쳤다. 소명은 샛노란 나일론 소재의 낚시 의자가 특별한 선물인 걸까, 하고 고개를 갸웃했다.

"혹시 이것도 빈티지예요? 내가 몰라보는 거예요?"

"아니요, 이건 다이소에서 사 온 거예요. 일단 앉아 보세요." 동우가 어서 앉으라는 듯 손짓했다. "의자는 도울 뿐. 중요한 건 화분 옆에 앉아서 멍때리고 있는 거예요."

"그러고 얼마나 있는데요?"

"물 준 게 완전히 마를 때까지요. 저는 사실 그 맛에 식물을 키우거든요."

그러더니 동우는 옥상 바닥에 다리를 쭉 뻗고 앉았다. "이런 시간을 가져 보라고 저한테 전파해 준 사람이 누구냐면요, 제가 끄라비에 있었을 때……."

"멍때리라며. 그건 이따가 얘기해요."

동우의 입술에 검지를 살짝 데었다가 떼자 그가 겸연쩍은 듯 입술을 앙다물더니 고개를 끄덕였다. 소명은 물과 햇볕을 받아 반짝이는 새싹을 잠시 바라보다가 먼 하늘에 시선을 던졌다.

그 순간 가장 먼저 떠오른 것은 보험 약관을 부모님 것까지 점검하는 게 얼마나 귀찮을까 하는 생각이었다. 이럴 줄 알았다면 선크림을 두껍게 바를걸, 하고 후회도 했다. 어젯밤 잠들기 전에 들었던 노래의 느긋한 멜로디가 떠오르더니 곡이 끝나던 부분에 길게 이어지던 현악기의 선율이 귓가에 되살아났다. 자신도 연주할 줄 아는 악기가 하나쯤 있으면 좋을 것 같았는데 기왕 배운다면 들고 다닐 수 있는 가벼운 것으로 고르고 싶었다. 무언가를 배우고 싶다는 마음이 생긴 것은 꽤나 오랜만의 일이었다.

잠자리 한 마리가 소명의 시선을 가로지르며 날아갔다. 벌써 잠자리가 등장하다니. 한 해의 절반이 지나 버렸다는 사실이 실감 났다. 또래 친구가 소유한 것, 회사 동료들이 가진 것, 그러나 자신은 갖지 못한 것과 여전히 부족한 점들이 차례차례 떠올랐다. 아무런 생각도 하지 않고 잠시나마 머릿속을 완전히 비우는 데도 연습이 필요한 모양이었다.

"무슨 생각 해요?" 동우가 침묵을 깨며 소곤거렸다.

"아무것도, 아무 생각도 안 해요."

소명이 말했다. 그것은 거짓말이 아니었다. 이제부터 소명은 정말로 머릿속을 텅 비워 볼 참이었다. 자신에게 그러한 시간이 얼마나 필요한 것이었는지 소명은 지금 막 깨달았다.

모
닝
루
틴

매일 아침 은하는 중력에 반하는 방향으로 하체를 쭉 뻗은 채 그날 해야 할 일을 점검했다. 오전 10시를 넘기도록 늦잠을 자고 일어난 설날 아침 또한 마찬가지였다. 'L 자 다리' 포즈를 취하기 위해 엉덩이부터 발뒤꿈치까지를 침대와 면한 벽에 닿도록 뻗는 일에는 변함이 없었다. 다만 그 자세로 해야 할 일이 아니라 하지 않아도 되는 일을 꼽아 본다는 점만큼은 평소와 달랐다.

　　설날인 오늘, 은하는 그 어떤 곳에도 방문하지 않을 참이었다. 껄끄러운 친척을 집으로 맞이할 필요도 없었다. 종일 기름 냄새를 맡으며 무신경한 질문 세례에 억지 미소를 짓는 의무에서 빗어난 것이다. 더 이상 할 필요가 없는 일, 철저히 과거의 경험이 된 일을 하나하나 음미하며 십 분을 보낸 후에 은하는 비로소 침대에서 일어났다. 늘 하던 대로 유산균을 챙겨 먹고 미지근하게 데운 물 한 잔을 마셨다. 이제 가벼운 맨손체조를 시작할 차례였다.

민주가 자기 방에서 나온 것은 은하가 어깨 결림을 방지하는 동작을 시작했을 때였다.

"그렇게 매일 체조하면 확실히 몸이 좋아지는 게 느껴져?" 소파 위에 반쯤 드러누운 민주가 물었다.

"미세한 정도야. 그런데 하루 이틀만 안 해도 어깨부터 허리까지 확 뻣뻣해지기는 하더라고."

은하는 같이 하자는 의미로 오른손을 까딱거렸다. 민주는 못 본 척 고개를 돌리려 했지만 똑바로 선 은하가 자기 이마 위에 손바닥을 가져다 대자 "그건 나도!" 하고 외치며 자리에서 일어났다. 거북목을 방지하는 동작을 할 차례였던 것이다.

민주는 5년 차 사서 공무원이었다. 대부분의 사서가 그러하듯 근속 연차 몇 배에 달하는 책벌레로서의 역사를 축적했기에 거북목은 숙명이겠거니 받아들이고 있었다. 하지만 옆모습이 구부정하다는 미관상의 문제를 넘어 두통이 심해지면서 마음가짐이 바뀌었다. 이마를 밀어내는 힘을 버티기 위해 민주는 고개 앞쪽으로 힘을 주었다.

"목에만 힘주면 되는데 넌 꼭 눈에도 힘을 주더라." 은하가 입술을 씰룩이며 웃었다.

민주는 장난스럽게 눈꺼풀을 희번덕거리더니 "누가 우리 사는 거 관찰 예능으로 찍는다 쳐 봐? 그럼 분명히 여기가 웃음 포인트가 될 거야."라고 말했다.

역할을 바꿔서 은하의 이마를 밀어 준 다음 민주는 내빼듯 싱크대 앞으로 향했다. 원두가 분쇄되는 소음이 커피 향으로 변해 거실 겸 주방을 향긋하게 채우기까지는 오랜 시간이 걸리지 않았다. 은하는 커피 향기를 들이쉬며 어깨와 팔 근육을 지나 손바닥까지 마사지했다. 마지막으로 온몸을 쭉 뻗어 기지개를 켠 뒤 식탁 앞에 앉았다. 휴일 오전에 어울리는 음악을 골라 재생하자 민주가 몇 차례 눈꺼풀을 깜빡거리며 기억을 더듬더니 이내 포기한 듯 목소리의 주인공이 누구냐고 물었다.

"앤서니 스트롱."

"맞아, 전에도 내가 물어봤었지? 이 사람 노래는 신나는데 느긋하게 신나. 그게 좋더라."

커피 잔이 바닥을 드러낼 즈음 민주가 이런 휴일에는 옛날 영화를 보는 게 제맛이라고 중얼거렸고 은하도 고개를 끄덕여 동의했다. 바로 그 순간 민주에게서 음향효과라고 해도 믿을 만큼 또렷하고 긴 꼬르륵 소리가 났으므로 둘은 웃음을 터뜨렸다.

"얘가 진짜 어른들 말씀하시는데!" 민주가 자기 배를 꾸짖듯 내려다보더니 자리에서 일어나 냉장고 문을 열었다. "너를 채워 줄 게 뭐가 참, 없다. 사과라도 먹을래? 상태가 이 지경이기는 하지만."

민주가 가져온 사과는 꼭지 근방의 껍질이 말라 쪼글쪼글했다. 평소보다 껍질을 두껍게 깎았지만 형편없는 식감은 예상대로였다. 유달리 맛없는 사과라는 생각이 들었으나 불만은 없었다. '며느리 시절'의 명절에 비하면 이쯤이야 하며 은하는 푸석거리는 과육을 꼭꼭 씹어 삼켰다.

"한 3년 안 만들고 안 먹으니까 명절 음식이 땡기네." 민주가 말했다. "냉장고 파먹기도 좋지만 시기를 잘못 정했나 봐. 오늘은 마트도 장사 안 할 텐데."

"설 당일인데 마트도 하루는 쉬어야지, 그럼."

"지당하신 말씀입니다. 그리고 신에게는 아직 열두 척의 라면이 남아 있습니다. 그중 두 개는 비빔면임을 아뢰오."

"아침이니까 안 매운 걸로 먹고 영화 보자." 은하는 그렇게 말하고 거실 벽에 세팅할 프로젝터를 꺼내며 덧붙였다. "아무 생각 안 하고 볼 수 있는 영화로."

함께 볼 영화는 민주가 골랐다. 어떤 것을 골랐는지 라면을 먹는 동안에 맞춰 보라며 민주는 힌트를 건넸다. 제인 오스틴의 고전에서 모티프를 따온 로맨틱 코미디라는 설명에 은하는 바닥을 끄는 길이의 풍성한 드레스와 무도회의 이미지를 떠올렸다. 민주는 현대 배경이라는 사실을 강조하더니 두 번째 힌트라며 가냘픈 여배우를 잠깐 보통 체형으로 만든 뒤에 과체중 노처녀라고 호들갑 떠는 설정이라고 밝혔다.

은하는 헛웃음을 지었다. "옛날 로맨틱 코미디 중에 그런 거 되게 많잖아."

"그럼, 일기." 민주가 어서 대답하라는 듯 손끝을 까딱거렸다. "아이참. 콜린 퍼스 출세작 있잖아. 드라마 말고 영화."

"아, 「브리짓 존스의 일기」!"

"그래. 내가 엊그제 『오만과 편견』 연체한 이용자한테 독촉 전화를 걸었거든. 얘기해 주고 싶더라. 아직

도 못 읽었으면 그만 반납하고 그냥 드라마판을 보라고. 아니면 드라마판 보고 필 받은 작가가 썼다는 『브리짓 존스의 일기』도 영화로 있다고."

영화는 주인공 브리짓 존스가 "모든 일은 내가 싱글로 맞이한 서른두 번째 설날에 시작되었다."라는 대사를 읊조리며 터덜터덜 본가로 향하는 장면으로 시작되었다. 물론 영국 영화이므로 음력설이 아니라 1월 1일이기는 하지만 무례한 간섭과 질문 세례가 낯익은 풍경을 연출했는데, 심지어 브리짓은 삼촌이라고 부르는 이에게 성추행까지 당했다.

"제사 안 지내 봤자 저기도 지옥이구나." 민주가 안고 있던 쿠션을 화면 방향으로 내던지며 말했다. "상대적 박탈감의 반대는 뭐라고 하는 게 맞을까? 지금 내가 느끼는 게 그런 감정 같은데. 아니, 음식은 또 왜 저 모양이야. 누가 영국 아니랄까 봐. 저게 어디 명절 음식이냐고."

화면 속 브리짓이 접시에 칠면조가 들어간 카레를 뜨고 있었다. 영국에서는 실제로 명절에 칠면조 카레를 즐기는지 코미디를 위한 설정인지 은하는 알 도리가 없었다. 어쨌든 입맛을 돌게 하는 구성으로 보이지는 않았고, 둘은 아무 생각 없이 보기 위해 고른 것

치고는 눈살을 찌푸리게 하는 장면이 연이어 나오는 영화를 보는 둥 마는 둥 하며 명절 음식에 관해 이야기했다.

30대가 되기 전까지 담백한 동태전을 가장 좋아했던 민주는 자취한 세월이 길어지면서 점점 더 나물 맛에 눈을 뜨게 되었다. 갓 무친 나물은 어떤 고급 요리와도 바꾸지 않을 맛이라는 데 은하도 동의했다. 하지만 가장 좋아하는 명절 음식, 아니 겨울 음식을 꼽으라면 변함없이 직접 빚은 만두였다.

할머니 생전에 은하네 가족은 설 연휴가 시작되는 날이면 한자리에 모여서 잘게 썬 숙주와 당면을 듬뿍 넣은 담백한 만두를 빚었다. 할머니를 따라 왕만두로 빚는 사람, 반죽에 김치를 더하는 사람, 피 없이 굴림만두를 만드는 사람, 제각각이었으므로 설에 먹는 떡만둣국도 취향에 따라 형태가 달랐다.

이튿날 아침 만둣국이 담긴 냄비에서 자기 몫을 뜰 때면 은하는 크기와 모양이 다양한 만두를 종류별로 빼놓지 않고 담는 데 열을 올렸다. 그러면 할머니가 대접 가득 뜬 만둣국 위로 갓 구운 김을 손으로 찢어서 뿌려 주었다. 파래김의 구수한 향이 퍼진 국물 먼저 한입 먹고 만두를 베어 물 때면 "그거 한 그

릇 다 비워야 한 살 더 먹는다. 천천히 많이 먹어."라면서 뿌듯한 미소를 짓던 할머니. 어린 시절에 은하는 떡만둣국을 다 비워서가 아니라 할머니의 그 말 덕분에 비로소 한 살 더 나이가 드는 것처럼 느꼈다. 따라서 언젠가부터 나이에 맞는 삶을 살고 있는 것인지 자신할 수 없는 이유는 할머니의 그 말을 듣지 못하게 된 것 때문인지도 몰랐다.

민주는 말이 나온 김에 내일은 장을 봐서 만두를 빚을까 했지만 은하가 대답하기도 전에 귀찮아서 안 되겠다고 스스로 갈무리했다. 다음 순간에는 도저히 더 못 보겠다며 손바닥을 들어 자기 눈을 가렸다. 주인공 브리짓이 실수하고 창피당하는 장면이 줄곧 이어지는 터라 은하도 피로감을 느끼던 참이었다.

"아이고." 민주가 한숨 섞인 탄식을 내뱉었다. "지구에 외계인이 와서 정서 교육할 일 있으면 교재로 써도 되겠다."

"설마 로맨스가 이런 거라고 가르치려고?"

"큰일 날 소리." 얼굴에서 손을 내린 민주가 실눈을 뜬 채 대꾸했다. "공감성 수치가 뭔지 가르칠 때 써야지. 이 영화가 이 정도였나? 19세기에 나온 『오만과 편견』 주인공은 나름 엄청 야무진 여잔데 21세기에 그걸 모티프로 한 얘기가 이게 뭐야? 내가 제인 오스틴이었으면 이거 개봉했을 때 관 뚜껑 열고 나왔다, 진짜."

화면 속에서 두 남자 주인공이 몸싸움을 시작하자 민주는 이 장면의 배경 음악만큼은 좋아했다고 흥얼거리면서도 정말이지 더는 못 봐 주겠다며 영화를 껐다. 조용해진 집 안에 조금 전까지 영화에서 흐르던 노래를 이어 부르는 민주의 목소리가 울려 퍼졌다. "이츠 레이닝 맨, 할렐루야 이츠 레이닝 맨 아멘." 은하는 하늘에서 비가 오듯 떨어진다면 남자 말고 만두나 떨어졌으면 좋겠다고 생각하며 입맛을 다셨다. 목이 말랐지만 물을 가지러 가기조차 귀찮았으므로 다음 영화를 선택하는 일도 민주에게 맡겼다.

"그럼, 오랜만에 홍콩 영화 어때?"

민주가 「중경삼림」을 재생시키자 현악기의 선율과 더불어 끊임없이 흔들리는 화면 속에 홍콩의 뒷거리 풍경이 펼쳐졌다. 트렌치코트와 금발 가발, 선글라스로 정체를 숨긴 임청하가 등장하고, 앳된 얼굴의 금성무가 그녀와 스치며

57시간 후 나는 이 여자를 사랑하게 된다

라는 내레이션이 흘러나오자 민주는 다시금 쿠션

을 던질 듯 집어 들었다가 둘의 얼굴을 봐서 봐주겠
다며 손길을 거뒀다.

민주를 자극한 그 대사를 빌려 전하자면

*3시간 후 은하와 민주 앞으로는 직접 빚은 만두가
뚝 떨어지게 된다.*

물론 이 시점에서 둘은 다가올 미래를 알지 못한
채 화면에 시선을 집중하고 있었다. 쿠션을 도로 등
뒤에 받힌 민주는 반듯이 앉아 있고 은하는 당장이
라도 낮잠에 빠져들 법한 비스듬한 자세였다. 은하는
지루해서 잠이 오는 영화를 군이 찾아 보는 편은 아
니었지만 취한 듯 몽롱한 상태가 되어 반쯤은 졸면서
볼 수 있는 영화는 좋아했고, 「중경삼림」은 후자에
속했다. 홍콩 거리의 습기가 어려 손을 가져다 대면
물기가 배어 나올 것만 같은 화면의 질감과 나른한
엇박자의 노래를 듣는 듯한 광둥어 대사는 은하를
비몽사몽 상태로 이끌었다. 잠깐 졸다가 깼더니 언제
두 번째 파트로 넘어갔는지도 모르게 등장인물이 왕
비와 양조위로 바뀌어 있었는데, 그 점을 의식한 지
얼마 되지 않아서 영화는 마지막 장면에 다다랐다.

"어디로 가고 싶어요?" 하는 질문에 "어디든, 당신

이 원하는 곳으로."라는 대답. 이어서 상쾌한 배경 음악이 흐르며 엔딩 크레디트가 등장하자 민주는 거실 창의 커튼을 걷었다. 겨울 오후의 뭉근한 햇살을 등지고 선 민주가 "어디든, 당신이 원하는 곳으로."라고 마지막 대사를 따라 하며 양팔을 쭉 뻗어 기지개를 켰다. 은하는 모로 누워서 그 모습을 바라보는 것만으로 자기도 기지개를 켠 것만 같았다. 낮잠을 자다 깬 터라 다시 새로운 하루가 시작된 듯 개운했고 슬슬 허기가 졌지만, 소파에 몸을 구부리고 누운 자세에서 손가락 하나 까딱하고 싶지 않았으므로 은하는 그렇게 했다.

"좀 더 잘 거야?" 민주가 물었다.

"아니."

"그냥 늘어져 있고 싶구나."

은하는 대답 대신 배시시 웃었다. 민주는 편의점에라도 다녀오겠다며 외투를 걸치고 왔는데 때마침 성지가 셋이 함께 있는 단체 대화창에 사진 한 장을 보내 왔다. 초점이 조금 흔들린 상태였지만 프레임에 꽉 차도록 큰 채반에 담긴 게 각종 전이라는 사실을 알아보지 못할 정도는 아니었다. 집 안을 장악했을 식용유 냄새가 짐작되어 은하는 한숨이 나왔다. 그 순간 초점이 잘 맞은 사진이 새로 전송됐다. 맨 왼쪽의 굴전과 새우전은 한눈에도 알이 실한 재료로 만든 것이었다. 노릇노릇하게 구운 애호박전 옆에 있는 것은 고기소를 채운 고추전이었다. 정갈하게 길이를 맞춘 꼬치전 옆으로는 민주가 가장 좋아하는 동태전이 보였다.

이어지는 성지의 메시지는 '그러게 내가 발리에 같이 가 달라고 했잖아!'라는 투정으로 시작했지만 뜻밖의 부탁으로 마무리되었다. 명절 음식을 넉넉히 챙겨 갈 테니 오늘 하룻밤만 재워 달라는 것이었다. 그제야 은하는 소파에서 튀어 오르듯 일어났다. 민주가 어서 오라는 메시지를 적는 동안 환기를 시키고 청소기부터 돌렸다.

한 시간 후, 양손에 쇼핑백을 든 성지를 먼저 발견한 것은 조수석에 앉은 민주였다. 은하가 클랙슨을 울리자 성지가 길을 건너왔다. 짐 때문인지 종종걸음이었다.

"누구 공격이야?" 성지가 차 안으로 들어오자 민주는 대뜸 그렇게 물었다. "어떤 친척이 뭐라고 속을 뒤집었길래 설날에 이렇게 뛰쳐나왔어?"

"어르신이 아니라 조카. 조카 때문에 울면서 뛰쳐

나왔어. 믿기니?" 성지가 대꾸했다.

　은하는 울었다는 말에 놀라 뒷좌석을 돌아보았다.
"너 진짜 울었어?"

　"응. 여섯 살짜리 한마디에 눈물이 나오더라." 성지
가 거듭 강조했다.

　3년 전에 이혼 절차를 마무리한 은하는 나고 자란
천안으로 돌아와 마침 본가에서 독립을 준비하고 있
던 민주와 함께 집을 얻었다. 그 후 식빵 전문점 창업
이 이어지며 어느새 자연스레 명절의 의무에서 벗어
나게 되었다. 그 대신 봄과 가을이면 부모님과 함께
꽃구경을 하러 가고 온천에 다녀왔다. 그 정도는 마
음이 내켜서 할 만했다. 은하와 같이 살게 되면서 민
주도 영향을 받았다. 단 가족 여행을 기획할 엄두는
나지 않아서 명절 한 주 전에 부모님 댁 근처에서 외
식을 하고 엄마에게 용돈이 든 봉투를 건넸다. 이대
로 정말 결혼을 안 할 거냐는 부모님의 질문에 매번
"정말 안 하고, 평생 안 해. 은하랑 잘 산다니까." 하고
잘라 말했더니 잔소리의 농도도 서서히 옅어지는 중
이었다.

　두 친구의 명절 탈출에 성지도 동참하고 싶어 했

다. 동갑인 사촌이 결혼을 앞두고 있던 지난해 추석에는 폭발 직전까지 내몰렸다고 해도 과언이 아니었던 것이다. 이제는 성지가 갈 차례라는 말이 모든 친척의 입에서 쏟아졌다. 상대가 있어야 결혼을 하죠, 라고 대답하기도 지쳐서 성지는 돌아오는 설 연휴에 발리에 가기로 결심했다며 민주와 은하에게 동행 여부를 물었다. 둘 다 거절하자 혼자라도 감행할 참으로 계획을 세웠다.

하지만 여행 후기를 읽을수록 성지의 마음 한편에는 하지도 않은 일에 대한 죄책감이 피어올랐다. 엄마는 성지가 오지 않는다고 해서 음식의 양을 줄일 사람이 아니었으며 남동생 부부는 둘 다 요리에 서툴렀다. 게다가 남동생의 아내는 만삭의 몸이었다. 자신이 풀 사이드바에서 한가로이 칵테일을 홀짝거릴 시간에 엄마가 허리 한 번 제대로 펴지 못하고 일하는 모습을 그리다 성지는 결국 마음을 고쳐먹었다. 부모님이 살아 계시는 동안에는 어쩔 수 없지만 자기 대에는 제사를 일절 물려받지 않겠다는 남동생의 설득도 한몫했다. 그러니 엄마가 제사상과 차례상을 차릴 기운이 남아 있는 동안 앞으로 조금만 더 부모님의 원대로 명절을 보내자며 간청했던 것이다. 지는 밤

껍질밖에 안 깎는 주제에 입은 살아서, 하고 언짢았지만 명절의 의무가 유한한 굴레라는 데는 일리가 있다고 성지도 동의했다. 엄마가 환갑을 넘긴 후부터 그 많은 음식을 하고도 정작 본인은 잇몸이 욱신거리고 소화가 잘 안된다며 탕국에 만 밥을 뜨는 둥 마는 둥 하기 일쑤였기 때문이었다. 가슴 아프지만 언젠가는 엄마를 만나고 싶어도 만날 수 없으리라는 것, "집에 김치는 있어? 알지? 엄마는 그저 항상 너희 걱정뿐이야."라는 목소리를 더 이상 들을 수 없는 날이 닥칠 거라는 사실만으로도 성지는 아득한 마음을 가눌 길 없었다. 그러니까 앞으로 조금만 더, 하고 다짐하면서도 연휴가 아까워 눈물이 날 지경이었다.

"그렇게 참은 눈물을 조카가 뽑아냈다니 웬일이야." 민주가 물었다. "도대체 뭐라고 했길래?"

성지는 풀 스토리 공개 전에 기름 냄새가 밴 머리를 감고 싶다며 욕실로 향했다. 은하와 민주는 상을 차리고 있자며 음식 꾸러미를 펼쳤다. 밀폐 용기 위에 늘어선 과일 중에 사과가 어찌나 실한지 배보다 더 컸다. 전이 담긴 칸을 연 민주는 환호성을 지르며 동태전부터 입에 넣었고 은하는 꼬치전을 집어 들었다. 다섯 가지 전의 아래 칸에는 튀김이 자리했다. "아이고, 아주 식용유가 강처럼 흘렀겠네." 오징어와 고구마, 야채 튀김을 보며 민주가 혀를 내둘렀다. 통깨를 넉넉히 뿌린 삼색나물은 각각 다른 밀폐 용기에 담겨 있었다. 게다가 맨 아래 칸에는 직접 빚은 게 분명한 만두가 보였다. 세상에. 은하의 입에서 탄성이 비어져 나왔다.

"신에게는 이제 막걸리냐, 맥주냐 하는 고민이 닥쳤는데……." 민주가 눈을 흡뜨며 고개를 갸웃했다. "둘 다 사 오도록 하겠습니다."

민주가 편의점에 다녀오는 동안 은하는 전과 튀김을 데우고 속이 느끼할 성지를 위해서 비빔면을 끓였다. 멍한 얼굴로 머리에 수건을 두르고 나온 성지의 얼굴에 드디어 미소가 번졌다.

맥주 한 잔과 함께 비빔면을 뚝딱 해치운 성지는 민주에게 궁금한 것이 있다고 했다. 그것은 다름 아닌 안정적인 직장에 근무하는 이의 소회였다. 정년을 맞을 때까지 자리가 불안하지 않다는 데서 오는 안정감과 같은 업무를 끝없이 반복해야 한다는 갑갑한 중에 어느 것이 더 큰지 성지는 듣고 싶어 했다.

"우리 업무는 보기보다 반복만 넘치는 편은 아닌 거 같아. 가을처럼 도서 행사 많을 때는 더하고."

"하긴, 너 요즘에 완전 기획자 같더라." 성지가 동의했다.

"행사 준비가 빡세지만 잘되면 보람도 있고 그래. 타격감이 제일 큰 건, 전에도 얘기했듯이 맨몸으로 총알받이 할 때지. 자기가 반납 안 해서 연체료 쌓아 놓고 소리 지르는 사람도 있고 민원 넣는 사람도 있는데, 그런 사람들 레퍼토리가 주로 세금 타령이거든. 너 나랏돈으로 월급 받는데 왜 이렇게 빡빡하게 구느냐는 사람은 양반이고 민원 올려서 잘라 버리겠다, 국회 청원을 올린다, 국민신문고에 글 쓴다, 협박도 가지가지야. 그 사람들 논리대로 나랏돈으로 월급 받으니까 협박을 받으면 나라가 나를 보호도 좀 해 줘야 될 텐데 그런 건 기대할 수가 없고. 우리 윗분들 방침은 그저 초지일관 알아서 '유도리' 있게 하라는 거니까 기댈 데가 없어. 청원경찰 있는 도서관은 덜하다니 뭐, 관두지 않는 한 할 수 있는 건 거기 발령 나기를 기도하는 거밖에 없지."

"기도밖에 할 게 없다니 중세 시대야 뭐야." 성지가 고개를 툭 떨어뜨리며 말했다.

"그러게, 중세의 긴 어둠을 밝힌 인류의 지혜를 모아 놓은 데서 일하면서 내 꼴이 한편으로는 그 모양이야." 민주가 성지의 잔을 채워 주며 물었다. "그런 건 왜 물어? 너 아직 접은 거 아니었어?"

"접은 거 맞아. 막판에 연봉을 깎더라고. 연봉 깎으면서는 못 가겠더라, 이 나이에."

"또라이들." 민주가 인상을 찌푸렸다. "처음부터 말하지. 몇 달씩 간 본 다음에 뭐 하는 짓이야."

민주의 말에 성지가 고개를 끄덕였다. 처음 고지한 연봉에서 변동 사항이 생길 줄 알았더라면 애초에 고려할 이유가 없는 자리였던 것이다. 두 계절 가까이 의미 없는 고민을 한 것도 허탈하지만 동시에 지금의 직장에서 계속 버텨야 한다는 사실이 숨 막힌다고 성지는 말했다.

"그럼 일단 다니면서 다시 알아보려고?" 은하가 물었다.

"근데 너무 오래 고민해서 아직 그럴 기운이 안 나."

"아유, 진짜 다 같이 발리라도 갔어야 되는데 내가 아직 5일은 못 쉬는 바람에……." 은하가 얼버무리듯 말했다.

"그래, 5일 쉽지 않지. 우리 회사가 딱 그거 하나는 좋아. 연차 눈치 안 보고 쓰는 거." 성지가 대꾸했다. "그런데 아무리 생각해도 오래는 못 다닐 것 같거든.

어젯밤에 만두 빚으면서도 엄마한테 그 얘기 했어. 우리 회사가 최악은 아닌데 과장 이상은 여자 선배들이 안 보이니까 무섭다고. 근데 알잖아, 엄마가 뭐라고 할지."

"이것아, 그러니까 더 늦기 전에 네 짝을 찾아. 여자 혼자 먹고살기가 그게 보통 일이 아니야, 아 옛말에도⋯⋯." 민주가 성지 어머니의 어투를 흉내 내자 성지가 소리를 내지르며 민주의 어깨를 밀었다.

"내가 큰맘 먹고 솔직히 말했어. 민주는 확고한 비혼이라던데 나는 그렇다고는 말을 못 하겠다고. 이 사람이다 싶고, 평생 같이 살고 싶은 사람이 있으면 한다니까? 그런데 없는 걸 어떡해. 이직하고 똑같은 거잖아. 하고 싶은데 마땅한 뭐가 없으면 당사자인 내가 제일 힘들잖아. 근데 왜 나를 들볶느냐고. 그런다고 뭐가 나아지냐고."

"그랬더니 좀 알았다고 그러셔?" 은하가 물었다.

"그런 걸 다 따지면 결혼 못 하니까 그냥 하래. 해보고 아니다 싶으면 한 번 갔다가 와도 되니까 무조건 하래. 엄마 소원이라고."

민주는 입고 있는 줄무늬 티셔츠의 가슴 부분을 쥐어뜯는 시늉을 했다. 은하는 헛웃음이 나왔는데 성지 어머니가 하셨다는 말씀이 과거에, 그러니까 '한 번 갔다 오기' 전에 자기 부모님에게 들었던 말과 어쩌면 그렇게 빼닮았나 싶어서였다.

성지는 결국 만두를 빚는 내내 엄마와 말다툼을 벌였다. 또 오늘 오전에는 결혼정보회사 가입을 권하는 작은어머니의 회유를 뿌리치느라 진을 뺐다. 텔레비전 화면 속 명절 특선 영화도 한숨을 더했다. 작년에 개봉한 작품이건만 흡사 새마을운동을 하던 시절에나 볼 법한 세계관으로 진행되었던 것이다. 성지는 마치 한쪽 팔다리만 현재에서 움직이고 다른 쪽 팔다리는 과거에 묶인 채로 살아가는 것만 같다는 생각이 들었다. 이 순간 자신을 주인공으로 영화를 만든다면 여러 시간대를 동시에 살아 내느라 기진맥진한 여자라는 SF적인 설정이 어울리겠다 싶어 실소가 나왔다. 한편으로는 확고한 의지를 발휘하여 원하던 연기 전공을 관철했어야 했다고 뒤늦게 후회하기도 했다. 부모가 원한 전공을 택하고 무난한 직장을 얻어도 어차피 이렇게 들볶일 미래를 알았더라면 원하는 학과와 일 근처에 가서 기웃대 보기라도 했으련만.

울적한 기분으로 침잠하던 성지 앞으로 조카가 다가왔다. 입가에 튀김 부스러기를 잔뜩 묻힌 터라 닦아 주려고 티슈를 들었을 때였다. 그 조그마한 입에서 "고모, 고모는 왜 결혼 안 해?"라는 질문이 나왔다. "할머니 할아버지가 걱정하시잖아." 하면서 꾸짖는 표정은 제법 진지했다. 그 말을 들은 친척들이 일제히 웃음을 터뜨린 순간, 성지의 인내심은 바닥나 버렸다. 현재를 침범하고 있는 과거의 목소리가 이런 식으로 미래에까지 이어지리라는 비약적인 예감이 스쳤다. 어른들이 수없이 반복한 말을 그대로 따라 했을 뿐인 꼬마를 상대로 화를 낼 수도 없는 노릇이었으므로 도망치듯 욕실로 들어갔다.

비어져 나오는 눈물을 찬물로 닦아 내면서 성지는 화장실에 숨어서 우는 게 입사 첫해를 지난 이래 처음이라는 사실을 깨달았다. 그 순간 떠오른 것이 어느 직장 선배의 이야기였다. 그녀는 서른아홉 살 되던 해에 결혼 문제로 부모님과 다투다 밥상머리에서 문자 그대로 통곡을 했노라고 했다. 숨어서 울 게 아니라 친척들 앞에서 통곡이라도 하면 속이 시원할까. 하지만 그럴 여력도 없었다. 그 대신 성지는 한시바삐 서울에 돌아가야만 하는 일이 생겼다고 둘러댔다. 10년 차 직장인으로서 그 정도 거짓말을 지어내는 것은 그다지 어려운 일이 아니었다.

"아이고, 고생했다, 고생했어." 성지의 잔에 맥주를 채워 주며 민주는 목소리를 낮게 깔고 말했다. "이거 마시면 우리 비혼 하는 거다?"

"아, 됐어! 나한테 권하지 마. 아무것도 권하지 마!" 성지가 외쳤다.

"알았어. 그럼 술은?"

"술만 권해, 진짜로."

은하가 식은 안주를 데워 오는 동안 민주는 빈 술병을 치우고 맥주를 더 가져왔다. 성지는 그런 두 사람의 모습을 보면서 너희는 호흡이 척척 맞아서 심심할 일도 외로울 일도 없겠다고 말했다.

"언제든지 재워 줄게! 주말에 놀러 와."

은하가 건넨 말을 민주가 이어받았다. "맞아. 놀러와. 넌 우리가 서울 갈 때만 만나 줬잖아. 경기도가 세계의 끝이야? 천안은 아예 세계 바깥이야?"

성지가 찜찜한 표정으로 대답을 피했으므로 은하는 회유책을 썼다. 이 동네에 성지가 좋아할 만한 냉면 맛집이 있다고 알리며 전에 방문했을 때 찍은 사진을 보여 준 것이다.

"게다가 우리 집은 서비스도 좋아요. 별이 다섯개!" 과장되게 팔을 흔들며 자리를 떠난 민주가 새 칫

술을 가져와서 성지에게 내밀었다. "이렇게 어메니티도 있다는 말씀이야."

민주는 그 후에도 이 집에 방문할 때마다 특별 혜택을 주겠다며 웰컴 드링크라든가 배달 메뉴 우선 선택권, 침대 이용권 같은 아이디어를 냈다.

"거기에 조식 제공 들어갈까? 어때?" 은하가 거들었다.

성지는 뭔가 하고픈 말이 있는 듯 입을 열었다가 아무것도 아니라며 얼버무리더니 민주가 건넨 과일을 베어 물었다. 은하는 하고픈 말 대신 과일을 씹어 삼키는 듯한 성지의 표정이 신경 쓰였다. 그래서 식곤증에 눈이 감길락 말락 하던 민주가 눈 좀 붙이고 나오겠다며 방에 들어갔을 때, 성지에게 뭔가 마음에 걸리는 게 있느냐고 물었다.

성지는 고개를 끄덕였고 자신을 물끄러미 바라보는 은하와 시선이 마주치자 겸연쩍은 듯 웃었다. 그러고는 은하가 결혼을 앞두었을 때의 일을 미안하게 생각해 왔다고 말했다.

"그때 내가 아예 도시락 싸 들고 다니면서 뜯어말렸으면 차라리 덜 미안했을 거 같아. 그럴 게 아니면 그냥 조용히 있을걸, 네 속만 상하게 했잖아. 계속 좀 걸렸어 그게. 그러다 보니까 여기 오는 것도 자꾸 미루게 되더라고."

"그랬었던가? 난 딱히 기억 안 나는데."

은하는 거짓말을 했다. 결혼 소식을 전했을 때 한동안 말을 잇지 못하던 성지의 얼굴, 참사 소식이라도 들은 양 충격을 받던 그 모습은 여전히 뇌리에 박혀 있었다. 정말 후회 안 하겠느냐고 물은 적도 한두 번이 아니었으므로 잊을 도리가 없었다. 다만 당시에는 직접 알아보고 결정해야 할 일들이 정신없이 몰아쳐서 성지의 언행에 자존심이 상했다는 감정을 붙들고 있을 만한 여유가 없었다.

참으로 하루하루가 일찍이 느껴 본 적 없는 속도로 지나가는 날들이었다. 게다가 은하에게는 버겁던 그 속도감이 갱년기를 호되게 나던 엄마에게는 활기를 불어넣는 묘약으로 작용했다. 사업 확장으로 분주하던 예비 남편을 대신해 은하와 함께 신혼집의 세간을 고르고 각종 예약 절차를 챙기는 동안 엄마는 전에 없이 에너지가 넘쳤다. 아프던 데가 다 안 아프다고, 이제 좀 사는 것같이 사는 기분이라고 말하며 자주 웃는 엄마를 보면 결혼보다 더한 것도 할 수 있을 것 같다는 생각이 스치곤 했다. 그래서 이따금 불안감이 차오를 때도 당면 과제로 관심을 돌릴 수 있었다. 자신과 남편이 될 사람의 가치관과 성격 차이에서 비롯한 크고 작은 갈등과 오랜 친구의 근심 어린 만류마저 모른 척할 수 있었다. 돌이켜 보면 볼수록 그때 자신의 결정이 얼마나 무모했던가 싶어서 은하는 헛웃음이 나왔다.

이튿날 아침에 눈을 떴을 때 은하는 깊은 안도의 한숨을 내쉬었다. 꿈속에서 전남편과 언성을 높여 다투었던 탓이다. 나는 원래 이렇게 악을 쓰는 사람이 아니었는데, 하고 생각하던 순간이 생생했다. 끈적끈적한 꿈의 여운에서 벗어나기 위해 은하는 자리를 박차고 일어나 동네 마트로 향했다. 조미하지 않은 파래김과 다시마를 집어 들고 되돌아오는 길에 등을 떠미는 듯한 강풍에 걸음을 서두르는 기분이 나쁘지 않았다. 원래 국물 음식은 추위에 떨다가 먹어야 제맛인 법이니까.

롱 패딩 점퍼를 벗자마자 은하는 집에서 제일 큰 냄비에 물부터 받았다. 육수가 끓는 동안에는 후식용 애플파이를 만들기 위해 성지가 가져온 큼지막한 사과를 집어 들었다. 버터를 녹인 프라이팬에 잘게 썬 과육을 쏟아 넣은 뒤 꿀과 미량의 소금, 계핏가루를 넣고 졸이자 온기를 품은 달콤한 냄새가 집 안 전체로 퍼져 나갔다. 드물게 대량 주문 예약이 들어오는 날이 아니면 매일 지키는 모닝 루틴을 깬 것이 아깝지 않을 만큼 군침이 도는 향이었다.

사과가 바특하게 졸여졌을 즈음 민주가 먼저 방에서 나왔다. 성지는 이게 무슨 맛있는 냄새냐고 잠기운이 묻은 목소리로 묻기만 했다. 그러다 도저히 못 견디겠다며 부엌으로 나온 시점은 두 줄로 늘어선 여덟 개의 애플파이가 막 오븐에 들어간 후였다.

"대박이다. 조식 제공이 진짜였어?"

성지는 어안이 벙벙한 얼굴로 아침부터 정말 빵을 구워 주다니 도대체 몇 시에 일어난 거냐고 물었다. 감탄을 넘어 감동한 듯한 성지에게 구태여 새 메뉴를 연구하기 위해 냉동실에 쟁여 둔 생지가 있었다는 말을 할 필요는 없으리라고 여기며 은하는 애플파이는 디저트일 뿐 메인은 따로 있다고 일렀다.

"그러니까 우리 집에 자주 오라고."

민주는 일부러 성지의 귓가에 속삭이듯 "별이 다섯 개!" 하고 덧붙인 뒤 원두를 갈았다. 달콤한 빵 냄새 사이로 커피 향이 피어오르자 성지는 나른한 음성으로 "도대체 이 세상에 행복이 어디 있나 싶더니만 여기에 있었네, 이 집에." 하고 말했다. 성지 앞으로 커피잔을 놓으며 민주는 다시금 "이거 마시면……." 하고 말문을 열었지만 뒷말은 잇지 않고 깔깔 웃기만 했다.

은하는 육수의 간을 본 뒤 왼손으로 오른쪽 어깨를 두드리면서 모닝 루틴을 건너뛴 대가를 실감했다. 하지만 연휴의 마지막 날은 이제 막 시작된 참이었다. 스트레칭을 할 시간이야 얼마든지 있다고 안심하며 냉장고로 향하려는 순간, 눈이 마주친 민주가 알아들었다는 듯 고개를 까딱거리더니 떡과 만두를 꺼내 왔다.

"너희 만두 몇 개씩 먹을 거야?"

은하의 질문에 성지가 잠시 고민하는 사이, 민주가 한껏 그윽한 눈빛으로 은하를 바라보며 어제 본 영화 속 대사를 빌려 대답했다.

"몇 개든, 당신이 원하는 만큼."

501호의 좀비

그들이 서울에 침범할 전조가 보이던 그때를 돌이켜 보면 두려움에 떠는 사람보다는 마침내 올 것이 왔다고 여기는 사람이 더 많았다고 성준은 기억한다. 전 세계적으로 이미 10여 개국이 겪은 일이었으니 언제 들이닥쳐도 이상할 게 없는 상황이었던 것이다. 초반에 속수무책으로 당했던 국가들에 비하면 피해 규모는 미미하리라는 분석이 지배적이기도 했다. 합동 대책 본부에서는 그동안 밝혀진 좀비의 증가율과 이동 속도에 더해 그들이 수직 이동에 취약하다는 맹점을 재차 알렸다.

　물론 좀비가 위층으로 이동할 가능성이 전혀 없지

는 않았다. 눈앞에서 엘리베이터 문이 열리면 탈 수 있었으므로. 파리의 한 빌딩 5층에서는 엘리베이터를 기다리던 중년 남성의 시신이 발견되기도 했다. 계단을 오르는 일도 어느 정도는 가능했다. 다소 낮은 층고의 2층 집에서 부주의하게 열어 둔 창문을 통해 침입한 경우도 있었다. 그러나 좀비들이 2층 이상 되는 높이의 벽면을 기어오르는 모습은 보고된 바가 없었다. 더욱이 무리를 이루어 모여도 콘크리트 벽이나 철제문을 부수고 침입하지는 못했다.

"좀비들이 건물 전체를 에워싸는 경우에는 진도 2~3 정도의 지진을 겪는 듯한 진동이 느껴질 수 있습니다. 그러나 등장 초반의 기세는 확실히 꺾인 것으로 보입니다. 지금 관찰되는 무리는 이중창도 부수지 못하는 상태입니다."

이어지는 브리핑의 내용은 홍콩에서 처음 도입된 후 대만에서 다시 한번 검증된 'F+ 모델'을 철저히 준수하는 것, 다시 말해 도시의 3층 이하를 완벽하게 비우는 것이 핵심이라는 사실을 강조했다.

언제 어느 지역을 통과할지 모르는 좀비 무리가 창밖으로 보이더라도, 불안을 자극하는 어떤 소리를 듣더라도, 건물 전체가 흔들리는 진동이 느껴진다 하더라도 거주지가 4층 이상이라면 개의치 말 것. 자신이 사는 건물 가까이에 좀비가 보여도 유리창에 달라붙어 내려다보거나 소리를 지르고 냄새를 피우는 등 자극하는 행동을 삼가 할 것. 대문과 이중창을 굳게 잠그고 버틸 것. 모든 채널의 뉴스에서 이 같은 주의 사항을 반복하여 일렀다. 그렇게 두 주가량만 버티면 좀비의 대부분이 아사하고, 남은 소수는 방역 처리할 수 있다고 했다. 서울시는 'F⁺ 모델'을 위해 철저히 대비했으므로 인명 피해가 스무 건 미만에 그친 대만보다 피해 규모가 더 축소될 것이라는 보도를 믿으며 성준 또한 오랜만의 휴가를 맞이했다.

당시에 성준은 방이 세 개인 낡은 빌라의 502호에서 살고 있었으며, 식구는 부모님과 할머니까지 총 네 명이었다. 그 집으로 오피스텔 2층에 살던 누나와 조카가 피신해 온 터라 누나는 할머니 방에, 유치원생 조카는 부모님과 함께 안방에 묵었다. 따라서 성준의 방에는 큰 변화가 없었음에도 그 시간을 느긋하게 보내지 못한 이유는 다른 데 있었다. 문제는 담배였다. 상황상 강제적으로 금연을 하게 된 탓에 어떤 일에도 집중을 할 수 없었던 것이다.

성준은 조금이나마 신경을 다른 곳으로 돌리기 위

해 담배 생각이 날 때마다 니코틴 껌을 씹으며 SNS
와 뉴스 댓글을 살폈다. 그러다 보니 오래도록 기억에
남을 만한 온기 어린 순간을 목도한 일도 몇 차례나
있었다.

이를테면 폐소공포증을 가진 이들이 이 기간을 큰
사고 없이 날 수 있도록 고안한 공간을 마련하고 관리
하는 데 자원한 상담사들의 모습은 숭고하다는 말을
떠올리게 했다. 상담사 중 한 명이 개설한 SNS 계정
의 타임라인을 살피다 보면 잠시나마 니코틴의 유혹
을 떨쳐 버릴 수 있었다. 인근 지역의 저층에 사는 독
거노인들을 수용하기로 결정한 대형 찜질방, 여성 노
숙자들에게 임시 거처를 제공한 수녀원의 결단을 전
하는 단신 아래에는 좀비 덕에 인류애를 충전하게 됐
다는 댓글이 이어졌다.

모두 힘을 모아 무탈하게 좀비를 이겨 내고 한시라
도 빨리 모든 게 평소대로 돌아오기를 바라는 마음
이 모인 글에서는 묘한 설렘마저 느낄 수 있었다. 게
다가 성준의 집으로 말할 것 같으면 마치 명절이라도
맞은 듯했다. 특히 할머니는 손녀와 증손자까지 온
가족이 일주일 넘게 함께 보내게 된 데 한껏 고무되
어 쉼 없이 요리를 하고 먹거리를 건네기에 여념이 없

었다.

그러나 옆집의 사정은 판이하게 달랐다. 그곳 501호에서는 성준이 짐작조차 하지 못할 일이 벌어지고 있었던 것이다. 501호에 피난 온 부부 중 아내 쪽인 종미는 인천 공항이 폐쇄되는 모습을 텔레비전 화면으로 지켜보던 순간의 충격을 잊지 못한다고 했다. 며칠 후면 다시 공항 운영이 정상화되리라는 아나운서의 멘트를 듣고도 어쩐지 다시는 돌아가지 못할 것만 같다는 공포감을 떨칠 수 없었다. 절실히 돌아가고 싶은가 하면 그렇지는 않았다. 핵심은 어디에 남느냐보다 어떻게 홀로 남는가 하는 점이었지만 당시에는 혼란스럽기만 했다는 것이었다.

그러한 종미의 이야기를 전해 들은 것은 좀비 떼를 성공적으로 물리친 후로부터 10여 년이 흐른 시점의 일이었다. 할머니의 병상 곁에 놓인 간이침대에 비스듬히 누워 501호에서 일어난 일의 진상을 들으며 성준은 벌어진 입을 다물지 못했다.

다만 한 가지 의아한 것은 할머니가 도대체 그때 언제 종미와 내밀한 대화를 할 기회가 있었는가 하는 점이었다. 성준의 질문에 할머니는 엷은 미소를 지으며 직접 얼굴을 대면하고 나눈 말은 단 한 마디도 없었다고 했다.

"벽 너머로 들린 거지. 내 방에서 옆집 소리가 다 들렸잖니 왜."

아, 하고 성준은 고개를 끄덕였다. "할머니, 그럼 그 일을 누나도 알았겠네요? 그때 누나도 할머니 방에 묵었잖아요."

대답을 얼버무린 후 그만 잠을 청해야겠다는 할머니를 뒤로하고 성준은 병실 밖 복도로 나왔다. 어깨가 결려 잠을 설치지 않도록 여느 때처럼 스트레칭을 시작했지만 동작이 툭툭 끊겼다. 바로 옆집에서 그 같은 일이 있었다는 것을 새까맣게 몰랐다는 사실에 충격을 받아서였다. 그러다 벽에 양손을 짚고 밀어내던 동작을 하다 말고 얼어붙듯 그 자리에서 굳어 버렸다. 양팔로 소름이 번졌다. 개봉을 앞두고 있는 누나의 첫 번째 장편 영화의 줄거리가 떠오른 탓이었다. 세상에. 성준은 크게 숨을 내쉬었다. 그때 누나가 자신에게 던졌던 질문의 의미가 무엇인지 성준은 이제서야 알아챌 수 있었다.

"야, 법대, 과실 치사죄는 공소 시효가 몇 년이나 되냐?"

"왜? 누나 다음번에는 범죄 스릴러라도 쓰게?"

"봐서. 그럼 과실 치사를 돕는 건 무슨 죄가 되려나? CCTV 건드리고 그런 거 있잖아."

"스마트폰 뒀다가 어디다 쓸래? 뭐든 자기 손으로 확인하고 찾아보고 해야 시나리오도 잘 뽑지. 그래야 누나도 감독님으로 데뷔를 하시지 않을까?"

성준의 대답을 들은 성지는 피식거리며 소파 팔걸이에 놓인 태블릿 PC를 집으려는 듯 몸을 오른쪽으로 기울였다. 그러더니 잽싸게 하체를 반대쪽으로 틀어 왼발로 성준의 정강이를 걷어찼다.

"검색해 보라고 좀 했다고 동생을 막 발로 까네." 성준의 목소리는 식곤증으로 몽롱했다.

삼십 분 전에 할머니가 양푼 가득 만들어 준 김치 말이국수를 양껏 먹은 남매는 서로에게 설거지를 미루며 소파에 퍼질러 앉아 시간을 죽이는 중이었다. 성준은 평소에 김치말이국수보다 비빔국수를 선호하는 편이었지만 할머니는 오랜만에 집에 온 누나의 입맛을 우선시했다. 얼음을 동동 띄운 김치말이국수는

머리가 띵할 정도로 차디찼으며 개운한 매운맛에 은
은한 참기름 향이 났다. 분명 아침 식사를 푸지게 했
으니 점심은 가볍게 먹자는 이유로 국수를 먹기로 한
것인데 결과적으로는 온 가족 모두 윗배까지 찰 만큼
해치우고 말았다. 조카는 상을 물리자마자 꾸벅꾸벅
졸아서 침대에 눕혀 주었다. 그러고 이십 분도 지나지
않아 안방 문이 열린 틈으로 어머니와 아버지가 이중
주로 코를 고는 소리가 새어 나왔다.

거한 식사 다음 끼니는 가볍게 때우자고 해 놓고
할머니의 손맛으로 인해 또다시 양껏 먹게 되는 것은
누나네가 당도한 날부터 반복되는 패턴이었다. 창을
열어 환기를 할 수 없고 오직 공기청정기에 의지해야
하는 터라 굽고 볶는 메뉴는 최소화했음에도 할머니
의 의욕은 꺾일 줄을 몰랐다.

할머니는 본래부터 네 식구가 사는 그다지 넓지 않
은 집에 업소용 냉장고를 들이고 그 안을 가득 채운
것으로 모자라 김치냉장고까지 놀리지 않는 분이었
다. 그런 만큼 좀비들의 다음 출몰지가 서울로 예측
된다는 소문이 돌던 몇 주 전부터 매일 분주했으며,
누나네가 피신을 오기 전에 이미 만반의 준비를 마친
상황이었다.

할머니는 직접 만든 동그랑땡, 볶아서 소분해 둔 제육볶음, 잡채, 나물을 얼려 두었고, 사이사이를 한 끼 분량으로 담은 밥과 각종 빵, 조각 피자로 채워 넣었다. 들통 가득 육개장을 끓여 두었으며, 냉장실의 빈틈에는 과일을, 김치냉장고에는 갖가지 야채를 구비해 두었다. 참치와 골뱅이, 파스타 소스 같은 흔한 것부터 명이나물과 대게 살, 게딱지장 같은 고급 식재료까지 싱크대 서랍 안에는 통조림 수십 개가 늘어서 있었다.

그리하여 잡채밥에 육개장을 먹고 제육볶음을 해 동하여 쌈을 싸 먹은 뒤에 간단히 먹기로 한 저녁 식사로 샌드위치 네 종류가 등장하는 식으로 이어지는 날들이 본래의 명절보다 더 명절 같아서 성준은 헛웃음이 났다. 사실 공포 영화의 조감독으로 일하느라 바쁜 누나가 1년 만에 집을 찾은 참이었으니 부모님과 할머니에게는 명절보다 더 반가운 상황이 맞기도 했다.

다시금 칼질하는 소리가 들려서 성준은 몸을 일으켜 부엌을 들여다보았다. 할머니는 오이를 썰고 있었다. 냄비 안에는 메추리알이 가득했다.

"그거 불 좀 꺼다오."

"할머니, 또 뭐 만드세요? 우리 진짜로 저녁은 좀 심플하게……."

"아이, 안 그래도 너희가 하도 그래서 저녁에는 빵이랑 간단히 때우게 사라다나 좀 만드는 거야."

샐러드가 아니고 '사라다'라고 불린 것은 삶은 메추리알과 맛살, 오이, 사과 위에 마요네즈를 넉넉히 뿌려 만든 것으로 보기에는 산뜻할지언정 칼로리는 결코 가볍지 않은 메뉴였다.

"그건 내일 아침에 먹어요. 저녁은 인간적으로 한 끼 굶어요, 할머니."

"굶기는 왜 굶어. 이럴 때일수록 잘 먹어야지." 할머니가 가까이 온 성지를 고갯짓으로 가리키며 말했다. "느이 누나 얼굴 좋아진 거 봐라. 성지야, 너 어디 아픈 데는 없고? 영화 촬영장에서 일하는 게 그게 세상에 얼마나 고될까."

"건강해요, 할머니. 이 일은 체력 달리면 하지도 못해요."

"그럼, 건강이 제일이야." 할머니는 방금 깐 메추리알을 남매의 입속에 쏙 넣어 주며 흐뭇한 미소를 지었다. "이렇게 잘 먹였으면 느이 애비도 키도 한참 더 크고 잔병치레도 덜 하고 컸으련만. 반찬값 타 내려고 영감한테 사정사정을 한 세월이, 그게 내 한이야. 그러니까 이렇게 시간 될 때 잘 챙겨 먹어야지, 굶기는 왜 굶어."

할아버지 생전에 할머니는 삼십여 년 동안 지폐 한 장 마음대로 쓸 수 없었다고 했다. "저 맹탕한테 곳간 맡겼다가 집안 거덜 내지." 할아버지는 입버릇처럼 그렇게 말하고 불시에 가계부를 검사했다. 그럴 때마다 가계부에서 낭비했다고 트집 잡을 만한 항목을 찾아내고야 말았다. 그렇게 틀어쥐고 있던 돈은 '인맥 관리'에 쏟아부었다. 물론 인맥을 쌓았다고 주장하는 상대 중에는 바람의 대상이 섞여 있었지만 할머니의 추궁에는 도리어 할아버지가 역정을 냈다고 한다. 사업을 하다 보면 시기별로 만나야만 하는 상대가 있고, 그런 만남은 계절이 바뀌면 외투를 바꿔 입듯 자연스럽게 일어나는 일에 불과하다며 목청을 높였다는 것이다. 때로는 고함치는 것으로 분이 풀리지 않는 듯 손에 집히는 물건을 내던지기도 했다. 그러다 할머니가 더 이상 애원을 하지도 연연해하지도 않기로 마음을 비웠을 때, 할아버지는 교통사고로 급작스럽게 세상을 떠났다. 조수석에 그가 선물한 외투와 보석을 두른 여자를 태운 채로.

성지가 도리질 쳤다. 간절해진 담배 생각을 애써 떨치려는 얼굴이었고, 그런 기분이 들기는 성준 또한 마찬가지였다.

"누나, 이거 껍질이나 벗기자." 성준이 고갯짓으로 냄비를 가리켰다.

손을 씻고 온 남매와 함께 식탁 앞에 둘러앉은 할머니는 흡족한 미소를 지으며 영화 한 편에 동원되는 스텝이 몇 명이나 되느냐고 물었다.

"규모에 따라 다르죠. 왜요, 할머니?"

"나중에 우리 성지 감독님 되면 내가 스텝들 싹 불러다가 밥 한번 해 먹여야지. 그게 내 그거잖아, 그 거. 아유, 그 말 있잖아 왜. 응, 맞다. 버킷 리스트."

"진짜요? 버킷 리스트 중에 다른 건 또 뭐가 있으신데요?" 성지가 흥미를 보였다.

여전히 배가 부른 와중에 손끝에 막 삶아 낸 뜨끈 뜨끈한 메추리알이 닿자 성준은 자꾸 하품이 나왔다. 노곤한 몸으로 마주 앉아 함께 음식 준비를 하는 상황이 명절 같다는 생각을 아무래도 지울 수가 없었다.

사라다를 두둑이 먹고 조카와 놀아 주다가 잠자리에 든 성준은 '허약체 좀비절'이라고 명절의 이름까지 지어 보았다. 담배를 피우지 못하는 것을 제외하면 그럭저럭 치를 만한 명절이 아닌가 싶었는데 그렇게 담배를 떠올리자 다시금 괴로워졌다. 어딘가에서 담배 냄새가 나는 것 같기도 했다. 그럴 리가 없다고 생각하고 돌아누웠지만 어느새 잠기운이 달아났으므로 니코틴 껌이라도 씹을 요량으로 자리에서 일어났다.

그 순간, 뭔가 잘못된 것 같다는 예감에 어깨가 뻣뻣하게 굳었다. 점점 짙어지는 것은 담배 냄새가 분명했다. 황급히 방문을 열자마자 건물 전체를 휘감아 흔드는 듯한 진동이 느껴졌다. "진도 2~3 정도의 지진을 겪는 듯한 진동을 느낄 수 있습니다." 뉴스에서 들었던 상황이었다. 좀비들이 지금 이 순간 빌라 입구 주변을 새까맣게 에워싸고 있는 게 틀림없었다. 건물 현관과 이 집의 현관문, 두 겹으로 닫힌 문 안쪽에 있으므로 두려워할 필요는 없었다. 뉴스에서 고지한 대로 어떤 자극도 주지 않고 조용히 이 시간이 지나기만을 바라면 될 터였다. 그런데 연기는 어디에서 온 것일까 의아해하던 찰나, 성준은 다리가 풀려 주저앉을 뻔했다.

현관문이 반 뼘쯤 열려 있었다. 연기는 바로 그 틈에서 들어오는 중이었다. 누가, 어째서 문을 열었는지 따질 겨를이 없었다. 현관문 앞으로 달려갔지만 열린 틈보다 더 큰 문제에 부딪쳤다. 문이 너무 커져 버린 것이었다. 그에 비해 성준은 너무나도 작아서 아무리 팔을 뻗어도 문고리에 손이 닿지 않았다. 어깨로 밀어도 꿈쩍하지 않았다. 심장이 터질 듯 뛰었다. 벽과 바닥으로 요동치는 진동이 퍼졌다. 밀려드는 좀비의 기세로 건물 전체가 피를 내뿜는 거대한 심장처럼 울컥거렸다.

이튿날 아침, 땀에 젖은 채 잠에서 깬 성준의 눈에 들어온 것은 침대 끄트머리에 걸터앉아 벽에 귀를 대고 있는 조카의 뒷모습이었다. 언제 들어왔는지 모를 조카는 미동도 없이 그 자세를 유지하고 있었다. 성준은 찌뿌둥한 사지를 쭉 뻗어 기지개를 켜면서 발끝으로 조카의 발바닥을 툭툭 건드리며 물었다.

"왜 그러고 있어?"

조카는 벌떡 일어서더니 간밤에 화장실에 갔다가 돌아오는 길에 헛갈려서 할머니 방의 문을 열었을 때, 자기 엄마가 이렇게 벽에 귀를 대고 있었다고 했다.

"밤에? 몇 시쯤에?"

"몰라." 조카가 고개를 저었다.

"물어보지 그랬어. 엄마 뭐 들어? 하고."

"물어볼걸."

"꿈 아닐까? 정말 그러는 거를 봤으면 바로 물어봤겠지. 삼촌도 어젯밤에 악몽을 꿨거든."

"꿈이라고?"

"응, 네가 꿈꾼 거야."

조카는 고개를 갸웃거렸으나 곧 꿈이구나, 하고 수긍하더니 양치질을 해야겠다며 밖으로 나갔다. 순한 아이의 동그란 뒤통수에 베개에 눌린 자국이 보였다. 내년이면 학교에 들어가는 조카는 무엇이든 수용하는 게 빨랐고 떼를 쓰는 법이 없었다. 때로 성지는 "임신했을 때 애 아빠랑 좀 싸웠어야지. 그걸 지겹게 듣고 나와서 자기라도 내 속 안 썩이려고 이렇게 순한가 봐." 하며 가슴 아파했다. 그 말을 들으면 성준 또한 하나뿐인 누나가 짠했다. 멋대로 대출을 받아 주식에 쏟아붓는 배우자와 살았다면 자신은 그보다 더 격하게 다투었으리라는 생각도 들었다. 다만 생각한 바를 직접 전하며 성지를 위로하기가 남세스러워서 종종 조카를 봐주는 것으로 마음을 표현했다.

조금쯤 감상적인 기분에 젖어 거실로 나가자 아침 뉴스에서 시내 곳곳의 CCTV 영상을 띄워 놓고 있었다. "좀비들의 숫자가 감소하고 있습니다. 이르면 오

늘 밤, 늦어도 내일 중으로 사태가 진정 국면에 접어
들 것으로 보입니다."

포식과 낮잠으로 가득 찬 시간의 종말이 다가온
탓인지 성지는 그날 오전 내내 늦잠을 잤다. 그러더
니 정오를 넘긴 후 잔뜩 뻗친 머리로 방에서 나와 성
준의 어깨를 건드리며 오늘 저녁에는 동그랑땡을 부
쳐 먹어야겠다고 했다.

"아무리 익혀서 얼렸어도 전자레인지에 해동해 먹
으면 물 나올 거 아냐. 그건 제대로 팬에 지져서 먹자.
좋지?" 성지가 성준의 동의를 구했다.

"진심이야? 기름 냄새는 어떻게 감당하려고."

성준의 말은 애써 무시하듯 성지는 아들을 품 안
에 안고 "동그랑땡 맛있겠지, 할머니가 직접 만드신
거야." 하며 볼을 비볐다. 할머니도 못 이기는 척 그럼
그렇게 하자고 말했으므로 성준은 다시 한번 반대 의
사를 밝혔다. 성지가 정한 저녁 메뉴에 어떤 의미가
있는지 알지 못한 채로.

*

502호와 달리 501호의 식량 사정은 팍팍했다. 한
나가 인터넷 주문을 하던 날 자정을 딱 이 분 넘기는

바람에 기껏 고른 식료품의 배송이 사태 해결 후로 미루어진 탓이었다. 가게 일로 바쁜 아버지와 취업 준비로 종일 도서관에 있는 동생 이은에게 비축 식량 주문은 자신에게 맡기라고 큰소리쳤던 한나는 매끼 식사 때마다 자책을 거듭하게 되었다.

물론 배송 불가 공지를 본 이튿날 아침에 마트로 달려가기는 했다. 하지만 신선 식품 코너는 동이 난 상태였으므로 아쉬운 대로 레토르트 식품과 시리얼 따위를 집어 온 게 다였다. 그 와중에 하필이면 이런 때 십수 년 만에 한국을 찾은 큰아버지가 한나네로 피신해도 되냐는 연락을 해 온 것이다. 그들 부부가 구해 둔 호텔 객실이 하필 빌딩의 저층에 있었던 모양이라고 사정 설명을 하는 아버지에게 이은은 퍽 냉랭한 반응을 보였다.

"친척? 미국 간 다음부터는 연락 한 번 안 했잖아. 10년 넘게. 그럼 남이지. 남보다 못할걸."

"그렇다고 이 판국에 죽건 말건 내버려 둘 수야 있나. 명색이 형젠데. 안 그러냐?"

이은이 대답 대신 코웃음을 치자 아빠의 얼굴에서 웃음기가 사라졌다. 평소에는 물러 터졌다 싶은 성격이지만 한번 역정이 나면 시위를 하듯 며칠씩 입을 꾹 다물고 버티는 아버지를 더 자극하고 싶지 않아서 한나는 자기라도 한발 물러나기로 했다.

"그래, 뭐. 5성급 호텔이라도 방을 저층으로 잡았다는데 어쩌겠어."

"아무렴, 명색이 형젠데. 어려울수록 서로 도와야지." 사람 좋은 얼굴로 돌아온 아버지가 한나의 어깨를 툭툭 건드리며 대꾸했다.

서로 돕는 거라고 강조했지만 큰아버지에게 시리얼을 건네며 "아침에는 드릴 만한 게 이런 것밖에 없는데 괜찮으실지 어떨지……." 하며 눈치를 살피는 아버지의 모습은 일방적으로 시중을 드는 사람처럼 보였다. 그에 비하면 심혈관 질환의 권위자로 정평이 났다는 큰아버지는 어떤 상황에서도 손 하나 까딱하지 않고 앉아서 곁에 있는 사람을, 그러니까 아버지와 큰어머니와 때로는 한나까지 모두를 부리는 일에 능숙했다.

그는 직접적으로 뭔가를 시키기보다는 그저 자신이 원하는 바를 말했다. 간결하고 점잖은 어투로. 이를테면 조금 전에는 한나에게 이제 남은 과일이 없는지 물었고, 한나는 잠시 고민한 끝에 마지막으로 남은 사과 한 알을 꺼내 왔다. 그러자 "저 주세요. 제가 깎을게요." 하며 큰어머니가 정교한 공정을 거쳐 내놓은 완성품처럼 흠잡을 데 없는 미소를 지으며 사과를 건네받았다.

고작 30대 초반이나 될까. 쉰을 넘긴 큰아버지보다는 자기 또래에 더 가까워 보이는 큰어머니라는 사람과 한집에서 열흘 넘게 지내는 동안 한나가 그녀에 대해 알게 된 점이라고는 이름이 종미라는 것.(큰아버지는 한나네 가족 앞에서도 그녀를 종미야, 하고 불렀다.) 그리고 두 사람의 첫 만남이 한인 교회에서 이루어졌다는 것 정도였다.

종미는 말수가 적었으며 깨어 있는 시간에는 항상 빈틈없이 단정한 옷차림을 유지했다. 지금처럼 아침 식사를 위해 방에서 나올 때조차 실크 블라우스에 펜슬 스커트를 받쳐 입은 모습이었다. 거기에 엷고 우아한 화장까지 마친 모습을 보면 실내 공기가 한층 더 갑갑하게 느껴져 한시바삐 공기청정기를 가동하게 됐다. 누구와도 금세 친해지던 어머니가 살아 계셨다 한들 이 사람과 친해지기는 힘들었으리라고 짐작하며 한나는 사과 한 조각을 입에 넣었다.

"종미야, 그 술 이름이 뭐였지?" 큰아버지가 물었다. "사과를 보니까 지난 휴가 때 마셨던 그 술이 생각나는데."

"칼바도스요." 종미가 미소 지으며 대답하자 큰아버지가 "그래, 칼바도스!" 하고 반색했다.

"그 술이 참 내 입에 맞았는데 말이야. 향도 괜찮고."

내 방을 내주고 과일까지 줬더니 이제는 술타령인가. 한나는 더 듣고 싶지 않아서 사과 한 조각을 집어 든 채 방으로 들어갔다. 이은은 침대 위에 모로 누워 있었다. 멍한 눈빛이 종일 그러고 있을 참이라는 것을 짐작게 했다.

"이걸로 과일 끝이야. 그러니까 일어나서 한 조각만 먹어 봐. 응?"

이은은 대답이 없었다. 그렇게 내도록 누워 있으면서 밤에 잠이 오기를 바라느냐고 소리라도 지르고 싶은 심정이었지만 한나는 안간힘을 쓰며 참았다. 아버지가 이따금 입을 꾹 닫고 휴일 내내 누워만 있는 것은 전형적인 수동 공격의 한 형태였지만 이은이 종일 침대 밖으로 나오지 못할 때는 정말 손가락 하나 까딱할 힘이 없어 보였으므로. 한동안은 수면 유도제에 의지해서 잠을 이루는 시기가 있었는데 좀 나아졌나 싶더니 도로 제자리인 모양이었다. 왜 또 그럴까. 한

나는 한숨을 삼키며 동생의 이마를 짚어 보았다.

"아픈 거 아니야. 생각을 정리할 게 좀 있었다고."

"무슨 생각을 할 게 그렇게 많아서 나만 일 시키는데." 사과를 받아먹는 이은을 보며 한나가 한결 밝아진 어투로 말을 이었다. "큰아빠 장난 아닌 거 알아? 보아하니까 저분도 평생 의전만 받았나 봐. 가만 앉아서 날로 먹는 걸로 우리 학과장보다 더한 사람은 처음 봤다니까."

"언니, 내가 준 전기 충격기 잘 가지고 있지?"

"삼단봉은 가방에 있는데 전기 충격기는 어디 됐더라? 왜?" 한나가 코끝을 긁적이며 되물었다.

"그런 걸 어디다 둔 줄도 모르면 어떡해."

"아, 왜. 좀비라도 때려잡으러 가게? 그래, 가자. 야, 일어나. 너 옛날에 검도 배운 실력 좀 발휘해 보자고. 여기서 심부름만 하고 있느니 그게 낫겠다."

자기 종아리를 쿡쿡 찌르던 한나를 바라보던 이은은 바싹 마른 아랫입술을 윗입술로 축인 다음 입을 열었다.

"좀비도 말이야. 오래 굶어서 약이 바싹 오르면 좀 더 악착같아지고 그럴까? 그러겠지?"

"뭔 소리야."

"지들도 다 죽게 생겼으면 기운을 짜내서 한두 층쯤은 더 기어 올라오고 그럴 거야. 안 그래?"

"야, 뭔 좀비 씻나락 까먹는 소리냐고."

이은은 희미하게 웃더니 몸을 일으켜 앉았다. 크게 숨을 몰아쉰 후에도 한동안 방문 쪽을 쏘아보고만 있던 이은이 이윽고 입을 열었다. "잘하면 없애 버릴 수도 있지 않을까 해서. 우리 집에 기어들어 온 저 인간을."

이은은 그간 홀로 품고 있었던 일을 한나에게 전하며 차마 입에 담고 싶지 않은 몇 마디의 문장은 낡은 노트 위에 휘갈겨 써서 보여 주었다. 고백을 끝까지 들은 뒤 한나는 눈물 흘린 흔적을 물티슈로 닦아 내고 방 밖으로 나왔다. 거실에서는 아버지 혼자 텔레비전을 시청하고 있었다. 한나는 휴대폰 화면에 아빠, 텔레비전 틀어 놓은 거 그대로 두고 안방으로 들어와 봐, 하고 써서 아버지 눈앞에 내밀었다.

"연속극 지금 한참 재밌는데……."

아버지는 그렇게 대꾸했으나 진지한 얼굴 위로 검지를 세워 조용히 하라고 눈치를 주는 한나의 표정을 보더니 안방으로 따라 들어왔다. 한나는 재빨리 방

148

문부터 잠갔다.

"얘가 참말 왜 이래……."

"아빠, 지금부터 정신 똑바로 차리고 들어. 일단 침착해야 돼. 내가 하는 얘기 듣고 소리 지르면 안 되고, 흥분해서 이 방에서 뛰쳐나가도 안 돼. 일단 오늘은 아무 행동도 취하면 안 돼. 약속할 수 있어?"

"아이구, 겁이 나네. 이제 우리 굶어 죽게 생겼어? 아님 뉴스에서 뭘 본 거야?"

"그래, 아빠. 나도 지금까지 이런 일은 뉴스에서나 나오는 건 줄 알았어."

이은이 겪은 일을 되도록 정확하게 전하기 위해 분노를 억누르며 한나는 뉴스를 전하는 사람처럼 반드시 일러야 하는 정보만을 간추려 말했다.

이은이 열 살도 되기 전에 성폭력을 당했고, 가해자는 큰아버지라는 것. 사건이 일어난 시점은 엄마가 수술을 앞두고 있던 여름, 이은을 홀로 할머니 댁에 맡겼던 때라고. 만일 그때 자신도 함께 할머니 댁에 갔더라면 알아채고 막을 수 있었을지도 모른다는 사실을 상기하자 한나는 다시금 명치께가 짓이겨지는 듯했다.

그러나 이미 지난 일을 후회하며 시간을 끌 수는

없있다. 빌을 받기는커녕 거머쥘 수 있는 모든 것을 거머쥔 채로 뻔뻔하게 이 집에 와서 도움을 청한 큰 아버지라는 인간을 마주한 순간 이은이 받았을 충격을 생각해야 했다. 이은은 그가 어떻게 이 집에 찾아올 생각을 했는지 믿기지 않는다고 말했다. 그가 자신을 조롱하려는 것인지, 속 편히 잊고 사느라 기억에서 아예 지운 것인지 혼란스러워 방 밖으로 나올 기력도 나지 않았으나 어찌 됐건 그자의 본심 따위 알게 뭐냐고 마음을 다잡았다. 기만이든 망각이든, 어느 쪽이 됐건 용서할 수 없기는 마찬가지였다. 이은에게 중요한 것은 그를 이대로 보냈다가는 평생 후회 속에 살리라는 점이었다. 좀비들이 자신을 도와주기 위해 이 도시에 출몰한 것은 아니겠으나 이용할 수는 있겠다는 직감이 들었다고 이은은 한나에게 말했다.

우뚝 선 채로 눈물을 참느라 핏발이 선 두 눈을 부릅뜨고 한나의 이야기를 듣던 아버지는 무너지듯 방바닥에 주저앉아 주먹 쥔 손으로 가슴을 쳤다.

"아빠, 울어도 되는데 통곡하면 안 돼. 소리가 방 밖으로 새 나가면 안 된다고."

"너 손에 든 그건 뭐냐."

그 노트는 중학생이 돼서 자신이 겪은 일의 진상

을 알게 된 이은이 그때 겪은 일을 상세하게 적어 둔 일기였다. 많은 페이지가 전체를 사선으로 가르는 빗금으로 가득했고 중간중간 간신히 내용을 알아볼 수 있을 뿐이었다. 거기에는 당시 레지던트이던 큰아버지가 어린 이은을 속이기 위해 내뱉은 약속이, 이은이 차마 자기 입으로 한나에게 전하지 못한 말이 적혀 있었다. 그 약속의 내용은 자기 부탁을 들어주면 의사인 자신이 네 엄마를 살려 주겠다는 것이었다.

"혹시 아빠가 미심쩍어하면 보여 주려고 했던 거긴 한데……."

"이 천벌을 받아도 모자랄……. 그게 처음이 아니야. 그때, 어릴 때도……."

"언제, 아빠. 누가 어릴 때?"

다음 순간 아버지의 입에서 나온 이름을 기억해 내기까지 한나에게는 약간의 시간이 필요했다.

"고모한테도 그랬다고?"

"그때는 내가 학교도 들어가기 전이라 잠결에 잘못 본 거라고, 아니면 꿈을 꾼 거라고 형이 딱 잘라서 말하기에 믿었지. 그리고 잊은 줄 알았는데……. 네 얘기 듣자마자 그때 일이 떠오르는 거 보니까……."

한나도 아버지 옆에 앉았다. 호흡을 가다듬은 뒤

에 우선은 남은 시간이 별로 없다고 말했다.

"아빠가 해 줘야 될 게 몇 가지 있어. 일단 오늘 저녁에는 우리 빌라 반장님한테 이렇게 연락을 넣어 줘. 이은이가 이런 식으로 미리 해 둬야 내일 어떤 소음이 나도 다른 집에 피해를 안 줄 것 같대."

한나는 이은에게 받은 메시지를 아버지에게 전달했다.

반장님, 잘 지내시지요? 다름이 아니라 저희 집에 형님이 피난을 오셨는데 워낙 전부터 심리적으로 취약한 분이라 갈수록 갑갑증이 심해지시나 봐요. 자꾸 잠깐만 나갔다 오겠다고 그러는 바람에 우격다짐을 하며 막다 보니 혹시 오해를 하실까 봐 연락드립니다. 무슨 일이 있어도 문은 못 열도록 막을 테니 저희 집이 좀 시끄럽더라도 걱정은 마시고 그저 문단속만 잘해 주세요. 송구하지만 제가 연락처를 다 몰라서 남아 있는 다른 댁에도 전해 드리기를 부탁 말씀드리고요.

"반장 댁이 옆집 맞지?" 하고 한나가 묻자 아버지는 고개를 끄덕이며 전달받은 문구에서 반장님을 어르신으로 바꿨다. "옆집 부부는 장사하느라 바빠서 그 댁 할머니가 반장님이셔. 내가 바로 보내 놓으마. 다른 건?"

"내일 낮에 저 인간한테 술을 먹여야 돼. 수면 유도

제 타서. 큰어머니한테도 같이."

이튿날 해 질 무렵에 식빵과 잼으로 단출한 저녁 식사를 하면서 사태가 진정 국면에 접어들고 있다는 뉴스를 전한 것은 한나였다. 아버지는 이제 좀 마음이 놓인다며 식사를 마칠 즈음 장식장 맨 위 칸에서 안동 소주가 든 백자병을 꺼냈다.

"안주도 마땅찮은데 술을 드시게?" 한나가 짐짓 눈치를 주듯 묻자 아버지는 "어차피 얼마 안 남았어. 한두 잔씩이나 돌아가려나." 하며 큰아버지 부부를 쳐다보았다. "입에 맞으실지 모르겠지만 한번 잡숴 보세요."

자매와 아버지는 기민하게 움직였다. 한나는 술잔을, 이은은 딱 한 봉지 남은 게 있다며 육포를 꺼내 왔고, 아버지는 넘칠 듯 가득 잔을 채웠다. 잔을 부딪친 후는 마시는 시늉만 했다. 이은은 입술 끝을 적시기만 하고 독하다며 잔을 내려놓았다. 그 핑계로 한나는 부산스럽게 육포부터 찢어 이은의 입에 넣어 주었다. 단번에 잔을 비운 것은 큰어머니뿐이었다.

"형수님 입에 맞으시나 보네요. 형님도 드셔 보세요. 한 잔 더 따라 드리게." 아버지가 큰어머니의 잔을 채우며 말했다.

아니야, 빨라. 두 사람이 비슷하게 취해야 하는데.
한나는 방망이질 치는 심장박동을 진정시키기 위해
남몰래 심호흡했다. 큰아버지는 잔을 코끝에 가져다
대고 향을 맡기만 했다.

"술만 마셔서 무슨 재미야. 내가 정말 좋아하는 안
주는 따로 있는데 그게 이 나라에서는 여태 불법이니
원. 여기는 다 그런 식이잖아. 뭐든 빨리빨리, 그래서
변화가 빨라 보이는 거 같지만 근본은, 고루해."

그러더니 그는 이 나라에서 더 빨리 탈출해야 했
다며 돌연 지난해 자신이 살린 한 노인에 대해 이야
기하기 시작했다.

그 노인은 190이 넘는 키와 기골이 장대한 체구에
환갑을 넘긴 나이에도 위압감을 풍기는 외모를 가지
고 있었다. 그러나 겉모습과 상이하게 심장 기능은 상
당히 떨어진 상태였다. 어느 초겨울 아침, 찬 바람을
맞고 나선 산책길에 쓰러진 노인은 자칫하면 생명을
잃을 뻔했지만 (노인이 표현에 의하면 헌신적이며 탁월한
실력자인) 닥터 리를 만난 덕분에 목숨을 부지했다.
닥터 리는 노인의 찬사에 그저 해야 할 일을 했을 뿐
이라고 공손히 대답했고, 그 말은 그의 진심이었다.

지역 사회에서 공고한 지지 기반을 가진 하원 의원의 심장을 되살려 놓는 것처럼 가치 있는 일이란 자주 주어지는 게 아니었으므로.

"심장이라고 다 같은 심장이 아니거든." 닥터 리는 뇌까렸다. "당연한 얘기지. 사람이라고 다 같은 사람이 아니니까. 할 수만 있으면 그런 심장은 일부러 고장이라도 내 주고 싶어. 그래야 내가 다시 고쳐 줄 수가 있으니까."

"아무리 보람이 되기로서니 일부러 고장을 내고 싶다니 형님도 참……."

"보람으로는 설명이 안 되지. 심장을 다시 뛰게 한다는 거는 그야말로 전지전능한……." 다음 순간, 닥터 리는 술과 수면제의 기운에 하품하는 종미를 매섭게 노려보았다. "내 말을 안 듣고 있군."

"아니에요, 듣고 있어요."

종미는 노곤한 듯 풀어진 어투로 변명했지만 닥터 리는 들을 필요가 없다는 듯 고개를 돌린 채 "그만 마셔."라고 뇌까리더니 술잔을 들었다.

"저 요새는 문제없었던 거 알잖아요." 종미의 어투가 빨라졌다. "지금도 두 잔밖에 안 마셨어요. 그런데 이상하게 컨디션이……."

"최종미, 그만 마시라는 말 못 들었어?"

닥터 리의 어투에 노기가 어리자 종미가 그의 눈치를 살피며 허둥지둥 잔을 내려놓았다.

"아 참, 아직 그게 남았지!" 한나가 쾌활한 어투로 화제를 돌렸다. "제가 좀 가져올게요."

플랜 비를 개시할 때 쓰기로 한 암호를 띄우고 일어서는 한나의 움직임에 맞춰 이은은 찬물을 권하는 척하며 종미의 시야를 가렸다. 한나는 싱크대 첫 번째 서랍에 미리 넣어 둔 전기 충격기를 꺼냈다. 그러고는 누가 무엇을 내어 오든 미동 없이 늘 자리를 지키고 앉아서 등을 보이고 있는 닥터 리에게 다가가 목에 한 번, 양쪽 허리에 다시 한 번씩 5만 볼트의 전류를 흘려 넣었다.

삼단봉을 오른손에 든 아버지는 얼빠진 눈빛으로 한나를 바라보고 있는 종미의 어깨를 왼손으로 누르며 움직이지 말라고 일렀다. 동시에 그녀가 비명을 지를 것을 대비해 이은이 재빨리 음악의 볼륨을 높이고 양손에 목장갑을 끼었다. 의자 아래로 굴러 떨어진 닥터 리의 관자놀이를 발끝으로 건드려 의식이 없는 것을 확인한 한나가 그의 입에 테이프를 붙였다. 눈물로 번진 종미의 시선이 그곳으로 향했다. 종미가 가쁜 숨을 내쉬며 물었다.

"그 사람을 어쩌시려고요. 죽여 주시기라도 할 건
가요?"

"아빠, 이거 전압 별로 안 세. 언제 깰지 몰라. 이쪽
으로 와서 잡아." 아버지에게 눈짓한 후 한나는 종미
에게 물었다. "그게 무슨 말이에요. 죽여도 된다는 거
예요? 아님 죽이고 싶다는 거예요?"

종미는 흐르는 눈물을 손등으로 훔치더니 블라우
스의 단추 두 개를 풀었다. 목을 단단히 감싸고 있던
블라우스의 칼라가 옆으로 몇 센티쯤 젖혀지자 목을
졸린 자국이 분명한 보랏빛 멍이 드러났다.

"저도 저 사람 손에 몇 번이나 죽었다가 살아났어
요. 계획이 어떻게 되는지 모르겠지만, 그러니까 저도
도울게요."

"이제부터 할 일은 간단해요." 이은이 대꾸했다.
"우리 집 문밖에 버리고 나서 정신 돌아오면 인터폰
으로 건물 현관문을 열 거예요. 그다음은 좀비들한
테 맡겨야죠."

이은은 닥터 리의 두 손을 모아 손목 부분을 테이
프로 감았다. 같은 방식으로 발목을 묶기 위해 한나
가 닥터 리의 두 발을 들었다. 종미는 정신을 차리려

고 눈을 부릅뜨며 손바닥으로 자기 뺨을 때리더니 말했다.

"의식이 돌아오면 어느 정도 움직일 수 있어야 좀비들 눈에 띄기 좋을 거예요."

닥터 리의 벨트를 푼 종미가 손가락 몇 개가 들어갈 만한 틈을 주고 그의 발목을 감싸듯 채웠다. 이은이 물을 한 바가지 떠 온 것으로 그를 좀비의 먹잇감으로 던질 준비는 끝이 났다. 이번 주 내내 굳게 잠겨 있던 현관문이 열렸다. 계단 앞쪽에 닥터 리를 버리고 뻣뻣하게 굳어 있는 얼굴에 물을 끼얹자마자 문은 곧바로 다시 잠겼다. 아버지는 한 번 더 걸쇠가 모두 제대로 채워졌는지를 확인했다. 이은은 크게 숨을 내뱉은 후 장갑을 버렸다. 한나는 후련하게 눈물이라도 쏟고 싶은 심정이었지만 아직 그러기에는 일렀다.

인터폰 화면은 한동안 소리만 전했다. 정신을 차렸다면 아마 울부짖고 있겠지. 한나는 긴장으로 저릿저릿한 손끝을 주무르며 생각했다. 하지만 입이 봉해진 탓에 인터폰을 통해 전해지는 것은 들릴 듯 말듯 낑낑대는 소리뿐이었다. 몇 분이나 지났을까. 그가 발버둥 치며 하반신을 부딪치는지 현관문 쪽에 쿵쿵거리는 충격이 전해졌다. 그렇게 몇 분이 더 지나자 마침내 자리에서 일어났는지 화면에 닥터 리의 모습이 비쳤다. 종미가 휘청거렸으므로 이은이 그녀의 어깨를 감싸 안았다. 가로 9센티미터, 세로 5센티미터의 손바닥 반만 한 화면 위에 경악과 공포로 가득 찬 그의 눈빛이 스치더니 다시금 현관문을 두드리는 소리가 들려왔다. 이번에는 머리로 들이받는지 더 큰 소음이 났다.

이은은 덜덜 떨리는 턱을 앙다물며 인터폰으로 1층의 현관문을 열었다. 한나는 손톱 끝을 깨물기 시작했다. 프랑스와 싱가포르에서 습격을 당했던 사람들의 경우처럼 흘러간다면 지금쯤 1층으로 좀비들이 모여들어야 했다. 그러나 작은 화면으로 보이는 건물 현관 주위에는 아직 변화가 없었고, 쉼 없이 현관문에 몸을 부딪치던 닥터 리가 이제 다른 집으로 향하려 하고 있었다.

"반장 할머니한테 한 번 더 메시지를 넣어야겠어."

아버지가 말하자 이은이 고개를 끄덕였다. 그러고는 간절한 기대를 담아 한 번 더 건물의 현관문을 열었다.

502호의 창문이 활짝 열린 것은 바로 그 시점이었다.

옆집에서 음악 소리가 커졌을 때부터 성준의 할머니는 동그랑땡을 굽기 시작했다. 팬 위에 한 주 동안 사용을 최대한 자제했던 식용유를 넉넉히 붓고 그 위로 참기름까지 더했다. 아찔할 만큼 고소한 기름 냄새가 순식간에 집 안을 채우면 "우리 집은 5층이고 잠깐인데 어떠냐." 하며 거실 창을 열기 위해서였다.

성준과 그의 부모는 질겁했지만 "기름 냄새 나면 곧 아프잖아. 내가 잘 감시할게." 하며 성지도 할머니의 편을 들었다.

사지가 묶이고 입이 막힌 채 버려진 인간 한 명이 풍기는 냄새는 대단치 않았다. 그러나 집 하나를 가득 채운 기름 냄새는 달랐다. 먹이의 먹이가 뿜어 내는 강렬한 냄새를 맡은 굶주린 좀비들의 반투명한 눈에 모처럼 활기가 돌았다.

건물 전체로 진동이 퍼지자 502호의 창문이 다시 굳게 닫혔고, 이은은 삽시간에 모여든 좀비들을 위해 한 번 더 건물 1층의 현관문을 열었다.

닥터 리는 옥상으로 향하는 계단을 급히 오르다 엉덩방아를 찧으며 구른 뒤 종종걸음밖에는 칠 수 없도록 묶인 하반신으로 다시 일어서기 위해 발버둥 쳤다. 이마에는 피가 흘렀다. 타박상의 아픔보다 메슥거림이 더 심했지만 입술이 단단히 봉해진 터라 구역질 조차 할 수 없었다. 오직 고통스러울 만큼 격렬히 펌 프질해 대는 심장만이 아직 그가 살아 있다는 사실 을 증명하는 듯했다. 닥터 리를 위해 일생 헌신한 심 장, 그를 매혹시키고 드높은 곳까지 끌어올려 주기 도 했던 심장. 온 힘을 쥐어짜 내어 계단을 오른 좀비 들을 강렬하게 유혹하는 것 또한 뜨거운 피의 원천인 바로 그 심장이었다. 그것을 손에 넣고 맛보기 위해 좀비들은 앞다투어 그의 살점을 물어뜯었다. 닥터 리 는 그렇게 심장을 잃었다. 굳게 닫힌 문 바깥에서, 살 려 달라는 말 한마디 외쳐 보지 못하고, 공포에 질린 두 눈을 부릅뜬 채로.

탄
생

"가족 나들이 가는 길에 듣기 좋은 음악 틀어 줘."
라고 주문했을 때 가장 먼저 빌리 홀리데이의 곡이
나올 가능성이 얼마나 될까. 앞 좌석 등받이에 달린
패널에 등장한 그 이름을 본 순간 나는 그대로 굳어
버렸다. 시스템이 내 마음을 들여다보기라도 한 것만
같았다.

차 안에 빌리 홀리데이의 목소리가 흘러나오자 수
요일에 학교에서 있었던 일이, 그날 내가 한 말과 마
리에게서 들은 말이 동시다발적으로 떠올랐다. 내가
너무 성급했을까. 혹은 서툴렀을까. 차창에 비스듬히
고개를 기대고 있는데 동생 진이가 내 앞으로 얼굴을

들이밀더니 "다른 노래 들을래." 하며 입술을 삐죽거렸다.

"너 가고 싶었던 데 가잖아. 노래는 내가 듣고 싶은 것 좀 듣자."

"내 생일이잖아!"

"도착까지 이제 이십 분도 안 남았다고."

"이십 분을 더 가?" 눈을 감고 있던 엄마가 잠긴 목소리로 아빠에게 물었다. "자기야, 집에서 십 분이면 간다며."

아빠는 엄마의 질책을 의아해했다. 집에서 십 분 거리에 위치한 곳은 평점이 낮아서 다시 예약했다고 전했건만 기억을 못 하는 것 같다면서. 엄마는 그랬었냐며 하품과 마른세수를 동시에 했다. 사실 처음 진이가 삼림욕장에 가 보고 싶다고 했을 때부터 엄마는 밀폐된 실내 공간에 인위적으로 주입한 피톤치드가 과연 얼마나 효과적이겠냐며 미덥지 않다는 입장이었다. 하지만 진이가 생일 선물로 데려가 달라고 조르자 백기를 든 것이다.

생일에 가고 싶은 곳이 삼림욕장이라니. 아홉 살이 아니라 아흔 살 생일을 맞은 거냐고 놀렸는데, 의외로 동생네 반에서는 삼림욕장에 가는 게 유행이라고 했다. 그런 유행이 번진 이유는 단순했다. 진이네 반 반장이 산림욕장 안에 설치된 해먹에 누워서 찍은 짧은 영상을 SNS에 게시했고, 그 모습이 모두의 부러움을 샀다는 것이었다.

초등학생의 바람이란 얼마나 단순한지. 나야말로 진심으로 부러웠다. 내 소원은 그렇게 한나절이면 이루어질 수 있는 게 아니었다. 나는 한 사람의 마음을 얻는 일, 그 사람과의 관계가 새로 쓰이는 일을 바랐다. 곧 고등학생이 되면 많은 게 지금과는 달라질 것 같아서 초조했으므로 그 전에 마리와 더 가까워지고 싶었다. 우리는 유치원 때부터 알고 지낸 친구이지만 가능하면 세상에서 가장 가까운 사람이 되고 싶다고 고백하는 메시지를 보낸 게 지난 화요일 밤의 일이었다. 이튿날은 이번 주의 대면 수업이 있는 날이었고, 마리가 점심을 먹은 후 옥상에서 만나자고 했을 때는 어찌나 긴장이 되던지 속이 메슥거리기까지 했다.

나는 점심도 거른 채 옥상 안쪽에 있는 벤치에 먼저 가서 기다렸다. 이십 분쯤 후에 손을 흔들며 나타난 마리가 들려준 대답은 내가 생각하고 있었던 최고의 반응과(내 마음도 너랑 같아!) 달랐고, 최악의 반응에도(지금까지 나를 그렇게 보고 있었단 말이야? 소름 끼

처!) 해당하지 않았다. 명백히 그 너머에 있었다.

"어때? 냄새 안 나는 맑은 공기 마시니까 좋지?"

산림욕장의 가족실에 들어서자마자 아빠가 재촉하듯 물었다. 가족실은 우리 집 안방보다 조금 작은 크기였으며 벽 전체에 울창한 숲의 모습을 담은 홀로그램이 어른거리고 있었다. 안쪽 벽 앞에는 여러 개의 안락의자와 두 개의 해먹이 나란히 자리했고, 숨을 쉴 때마다 코끝에 풀 내음이 감돌았다. 바람에 한들거리는 연둣빛 이파리를 보면서 나는 다시 마리를 떠올렸다.

엄마는 맨 왼쪽에 놓인 안락의자에 앉자마자 등받이의 각도를 젖혔다. 그러자 엄마와 가까운 쪽 벽에 보이던 이름 모를 새가 날아오르더니 오른쪽 벽에 다시 나타났다.

신나서 해먹 앞으로 달려간 진이는 막상 그 안에 몸을 누이기를 겁내며 우물쭈물거렸으므로 아빠와 내가 양쪽에서 해먹을 최대한 펼쳐 주었다. 그래도 혼자는 무섭다면서 오른발만 몇 번이나 올렸다가 내리기를 반복하는 통에 결국 아빠가 끌어안고 누웠다. 그런 다음 진이는 내게 휴대폰을 건네며 아빠와 함께 있는 사진 두 장, 자기만 나온 사진 여러 장, 그리고 십 초와 삼십 초짜리 영상을 찍어 달라고 꼼꼼히 주문했다. 평소 같으면 귀찮다고 내쳤겠지만 어쨌거나 하나뿐인 동생의 생일이니까 나는 최선을 다해 촬영에 임했다.

"둘이 그러고 있으니까 캥거루 부녀 같네." 실눈을 뜬 엄마가 두 사람 쪽을 흘긋 바라보며 말했다.

"그러게." 내가 동의했다. "그런데 아빠, 이거 1인용 아니야?"

"해먹은 보기보다 훨씬 튼튼하단다, 유림아. 아빠가 미리 다 체크해 뒀지."

"그래? 괜히 걱정했네."

"우리 큰딸, 목소리가 왜 이렇게 가라앉았어?" 눈을 감고 있는 엄마가 내 마음을 훤히 들여다본 것처럼 물었다. "무슨 일 있구나?"

노곤하고 다정한 엄마의 목소리에 일순 모든 것을 털어놓고 싶다는 충동을 느꼈지만 마리의 정체성에 관해 함부로 말을 옮기고 다닐 수는 없는 일이었다. 어릴 때부터 마리를 알아 온 부모님 앞에서라면 더더욱. 게다가 오늘은 동생이 주인공이 된 기분을 만끽하게 두어야 했다. 그리고 바로 그 순간, 마리가 언급한 외로움이라는 게 지금 내가 느끼는 이런 감정과 닮아 있는 것일지도 모르겠다는 데 생각이 미쳤다.

마리는 첫사랑이라든가 스킨십에 관해 열을 올리며 이야기하는 친구들 사이에서 할 말을 찾지 못해 잠자코 화제가 바뀌기를 기다리는 일이 자주 있었다고 말했다. 속으로는 다른 생각을 하며 지루함을 달래고, 때로는 하품을 참기 위해 안간힘을 쓰면서. 그러는 동안 꽤나 전형적으로 보이는 사건이나 관계에 지나치게 몰두해 있는 친구들을 바라보며 묘한 감정을 느꼈다고 했다. 솔직히 말하면 친구들이 대체로 전보다 조금 빤해진 것 같았는데, 마찬가지로 그들의 눈에는 자신이 재미없고 시시하게 보인다는 사실도 알고 있었다. 쓸쓸했고, 외로웠다. 때로는 외로움이 몹시 짙어지기도 했다. 생애 최초로 찾아온 고독의 기원을 더듬으며 고민과 검색을 거듭한 결과 마리는 자신이 무성애자라는 사실을 깨닫게 되었다.

"무성애자라고 해도 그 안에 스펙트럼은 다양해. 나도 언젠가는 연애를 해 보고 싶어질지도 모르고."

"정말?" 나는 물었다.

"응. 하지만 아마 가볍게 손을 잡거나 포옹하는 것 이상의 스킨십은 안 하겠지. 내가 아주 어릴 때 낯을 많이 가리는 애였다고 아빠가 그랬었거든? 오랜만에 만나는 친척 어른이 쓰다듬거나 볼에 뽀뽀하거나 그러면 울면서 도망갔대. 아마 원래부터 남들이랑 질척하게 얽히거나 살이 닿는 걸 별로 좋아하지 않는 성향을 타고난 것 같아."

"그렇구나." 나는 질척하다는 말을 곱씹으며 고개를 끄덕였다.

"나는 왜 이렇게까지 남들이랑 다른 걸까, 하고 고민되던 점이 정리되니까 말이야. 엄청 개운하더라."

연이어 잠을 설치다가 오랜만에 푹 자고 일어난 이튿날처럼 상쾌해졌다고 덧붙이는 마리의 옆얼굴을 바라보면서 나는 다행이라고 미소 지었다. 속으로는 그럼 마리에게 가장 가깝고 소중한 사람이 되기 위해서는 나도 질척하게 굴지 않아야 하고, 나아가 무성애자가 되어야 하는 것일까, 하는 생각을 했다.

점심시간이 끝나 가고 있었고, 옥상 문이 열리더니 몇몇이 괴성을 지르며 뛰어 들어왔다. 그 애들은 리모컨처럼 보이는 뭔가를 두고 서로 뺏고자 하는 쪽과 뺏기지 않으려는 쪽으로 나뉘어서 꽥꽥 소리를 질렀다. 아이들이 만드는 소음이 유달리 날카롭게 들려서 나는 어쩐지 울고 싶은 기분이 되었다. 애초에 무성애자라는 존재가 내가 되고 싶다고 될 수 있는 것인지, 어떤 욕구를 무턱대고 참는 것과는 어떻게 다른지 짐작이 가지 않아 머릿속이 터질 것만 같았다. 마리는 쟁탈전을 벌이는 아이들 쪽을 바라보며 피식거리더니 내게 물었다.

"쟤들 바보 같지?"

"응."

"내가 많이 외로웠을 때는 다들 저렇게 바보 같다고 생각했어. 하나같이 소란스럽고 바보 같은 데 에너지를 낭비하고 있다고 말이야." 마리가 말했다. "사람들이 들으면 중2병이라고 그러기 딱 좋겠다. 그치?"

"중3인데 뭐."

나의 싱거운 대답에 마리가 웃음을 터트렸다. 그러더니 자기 부모님의 소울 푸드는 두부버섯전골이라고 말했다. 비건을 지향하는 아빠와 그렇지 않은 엄마가 공히 만족하는 메뉴라서 어릴 때부터 한여름을 제외하면 거의 매주 함께 먹었다는 것이다.

"전골을 먹을 때면 있지, 우리 엄마랑 아빠는 정말 팔팔 끓는 국물을 불지도 않고 떠먹거든. 그래서 항상 입천장을 데. 그게 위에도 안 좋은 버릇이래. 좀 식혀서 먹으라고, 보는 내가 다 뜨겁다고 해도 두 사람다 들은 척도 안 해. 국물 요리는 그렇게 먹어야 먹은 것 같다는 거야."

"그건 그렇지." 나는 동의했다.

"지난주 주말에 또 전골을 먹는데 그런 생각이 들었어. 나한테는 성애적인 행동이야말로 지나치게 뜨거운 것처럼 보인다고. 하지만 바로 그 열기가 좋은 사람이 있는 거겠지. 아주 많이. 음, 그러니까 내 말은, 내가 억지로 뜨거운 국물을 먹고 데일 필요도 없지만 뜨거운 국물이 취향인 사람한테 굳이 식어 버린 국물을 권할 필요도 없는 것 같다는 거야."

그렇게 말하는 마리는 여느 때와 같이 차분해 보였다. 나는 마리 특유의 한결같은 침착함이 그 애의 정체성과 관련이 있는 것인지, 그런 생각조차 편견인지 확신할 수 없었다.

"그럼 마리야, 네 말처럼 그 온도 차를 억지로 한쪽으로 맞출 필요는 없겠지만, 어느 정도는 같이 조정해 볼 수도 있는 걸까? 정말 만약에, 네가 그러고 싶은 사람이 생기면?"

"유림이 너는 정말 다정한 사람이구나."

햇살 아래에서 마리가 미소 지었고, 옥상 한가운데서 날뛰던 아이들이 앞다투어 교실로 향했다. 마리는 지금껏 살펴보건대 아마 유성애자들의 첫 연애는 그런 합의 같은 것도 녹아 없어질 정도로 어마어마한 것 같더라고, 그렇다면 굳이 자기 때문에 그런 어마어마한 것을 포기할 필요가 있을지 잘 생각해 보라고 하더니 자리에서 일어섰다.

마리의 말은 틀린 게 하나도 없었다. 일주일에 한 번 대면 수업이 있는 날마다 교실과 복도를 날뛰는, 호르몬 덩어리 그 자체인 애들을 바라보노라면 마리야말로 어마어마한 사람이라는 사실을 절감하게 됐다. 그래서 더 마음의 갈피를 잡을 수 없었다.

그날 밤에 마리는 내게 자신이 애정을 느끼는 것들에 대해 적은 메시지를 보내 주었다. 막 비가 내리기 시작하는 순간 퍼지는 흙냄새, 과일의 껍질을 깎는 사각거리는 소리, 언니가 남몰래 간직하고 있는 애착 인형을 숨기는 장난, 새로 산 구두가 발에 익숙해졌을 때의 느낌, 한 시간을 꽉 채워 운동하고 나면 전신에 퍼지는 쾌감, 그리고 클래식 재즈. 엄마를 따라 듣기 시작한 클래식 재즈는 낭만적 에너지로 가득 차 있지만 구제 불능으로 보이는 가사를 가진 곡도 많다면서 빌리 홀리데이의 노래가 담긴 링크를 보내 주었다.

진실한 사랑을 나누기 부적합한 상대에게 빠진 자

신은 어리석다고, 그럼에도 당신을 원한다고, 당신 없이는 살 수 없다고 호소하는 목소리는 매캐한 연기에 감싸인 공간을 떠올리게 했다. 관능적인 음색으로 빌리 홀리데이는 주로 사랑 노래를 불렀다.

"빌리 홀리데이 노래가 전부 다 사랑 타령만 있는 건 아니야.「Strange Fruit」도 꼭 들어 봐."

마리의 당부대로 나는 그 곡도 들어 보았다. 반복해서 들었기 때문에 새 소리와 바람 소리가 울려 퍼지는 산림욕장의 가족실에서도 그 음울한 노래를 흥얼거릴 수 있었다. 동시에 '사랑 타령'이라는 말을 하던 마리의 옆얼굴이 선명하게 떠올랐다. 마리를 좋아하는 마음에는 변함이 없었다. 그렇지만 그런 마음을 거듭 전하고자 시도하는 게 마리에게는 고작 '사랑 타령'으로 들리겠지. 코끝이 찡해졌지만 동생의 생일을 망치고 싶지는 않아서 눈물을 참고 있는데 나지막하게 코 고는 소리가 들려왔다. 범인은 엄마라는 사실을 알아채지 못한 모양인지 진이가 아기 캥거루처럼 아빠에게 찰싹 붙은 자세로 엄마를 향해 물었다.

"엄마, 나는 어떻게 태어났어?"

작은딸 진이가 엄마 하고 부르는 음성을 듣고 퍼뜩 잠에서 깬 다음 나는 가장 먼저 남편이 어떤 표정을 짓고 있는지 확인했다. 예상대로 그의 얼굴에는 '마침내!'라고 쓰여 있다. 이런 날을 기다려 온 남편은 헤벌쭉 웃으며 신이 나서 말한다.

"그건 말이야 진이야, 아빠가 엄마보다 훨씬 더 구체적으로 정확하게 얘기해 줄 수 있어! 우리 진이가 세포 분열해서 자랄 때 있었던 일부터 들려주고 싶은 게 한가득이야. 얘기가 길어질 것 같은데 음료수를 좀 사 올까? 간식거리는? 말만 해. 아빠가 다녀올게."

"비싼 돈 내고 피톤치드 마시러 와 놓고 여기서 굳이 합성 첨가물 범벅을 사 먹자는 거야?"

남편은 내 말이 맞는다면서도 생일을 맞은 진이 핑계를 대며 자리에서 일어선다.

가족실 밖으로 향하는 그의 걸음걸이만 보아도 지금 얼마나 신이 난 상태인지 알 수 있다. 이런 순간이면 남편과 처음 만났을 때가 떠오른다. 그때 내가 그에게 끌렸던 이유는 뭐니 뭐니 해도 남달리 환한 안색과 밝은 성격에 있었다. 거기 더해 가정적인 사람이라는 점이 결정적인 플러스 요인으로 작용했다.

남편은 어릴 때부터 좋은 아빠가 되는 게 꿈이었다고 했다. 좋은 아버지가 아니라 좋은 아빠. 아이들과 함께 쿠키를 굽고 놀이동산에 가고 고민을 들어 주고 싶다고, 그런 미래를 꿈꾼다고 했다. 그는 유아차를 가지고 이동하는 부모를 보면 헐레벌떡 달려가서 문을 잡아 주고, 아기가 몇 살이냐고 물으며 미소 지었다. 하루는 땀을 뻘뻘 흘리며 조카와 놀아 준 뒤 혼곤하게 낮잠에 빠진 순한 얼굴을 보며 복잡한 기분에 휩싸였던 적이 있다. 그즈음 딸의 천식이 심해져서 마음고생을 하는 직장 동료를 지켜보며 더럭 겁이 났던 것이다. 남편은 어느새 낮잠에서 깼는지 손을 뻗어 나를 끌어안으며 속삭였다.

"자기야, 우리는 모든 일을 함께할 거야. 우리는 좋은 부모가 될 거야."

그는 진심을 담아 말했다. 그 말이 진심이라는 점은 그때도 이후에도 의심한 적 없다.

하지만 큰딸 유림이를 가진 후에야 나는 내가 중요한 사실을 간과하고 있었다는 점을 깨달았다. 우리 두 사람이 어떤 진실한 마음과 뜻을 모으고 공유한다고 하더라도 아이를 잉태하고 열 달 동안 벌어지는 모든 현상과 사건은 오롯이 내 몸 안에서 이루어진다는 것. 남편이 아무리 나름의 최선을 다한다 하더라도 결코 '모든 것'을 함께할 수는 없다는 사실이 주는 고립감에 대해서는 짐작조차 하지 못했다.

식은땀을 흘리며 잠에서 깨어났던 날이 떠오른다. 괜찮으냐고 묻는 남편에게 나는 별일 아닐 거라고 답했지만 종일 입덧과는 다른 종류의 은근한 메슥거림에 시달렸다. 허기가 졌으나 겨우 물을 마실 뿐 구역질이 나서 뭔가를 씹어 삼키는 일이 불가능했다. 남편에게서 몸은 좀 어떠냐는 메시지가 왔을 때는 아랫배가 뭉치는 느낌이 들어 회사에서 급히 조퇴하고 병원을 찾느라 답을 할 여유가 없었다. 하필 담당의가 쉬는 날이었다. 그날 처음 보는 의사는 큰 문제는 없는 것으로 보인다면서도 유산 방지제를 처방했다.

집에 돌아가는 길에 나는 대수롭지 않은 일처럼 별다른 이상은 없어 보인다고 설명하던 의사의 말을, 그때 그가 지었던 조금쯤 무신경해 보이던 표정과 건조한 어투를 떠올리며 마음을 다잡았다. 그토록 감정을 싣지 않고 한 말이니 구태여 낙관적으로 해석한 결과일 리 없다. 당연히 객관적인 사실만을 말한 것이리라. 따라서 내 아이에게는 문제가 생기지 않을 것이다. 달리는 택시·안에서 구역질을 참기 위해 창문

상단의 손잡이를 움켜잡은 채 그렇게 되뇌었다.

하지만 집에 도착해서 이불에 몸을 파묻자 다시금 별일이 없는데 어째서 유산 방지제를 맞도록 한 것일까 하는 의문이 피어올랐다. 무력감을 느꼈다. 불안했고, 인터넷을 뒤지자 한 줄 한 줄 읽는 일 자체가 고통스러운 유산의 경험담이 눈에 띄었다. 내가 오늘 겪은 일과 유사한 흐름의 하루를 보낸 후 아이를 잃은 사람의 글을 읽자 눈물이 멈추지 않았다. 기진맥진 지쳐 잠이 들었다가 깬 것은 종아리에 쥐가 난 탓이었다. 언제 귀가했는지 남편이 비명을 지르며 일어난 내 옆으로 와서 다리를 마사지해 주었다. 그러고는 그가 내 등 뒤로 다가와 끌어안으며 뭐라고 했더라. 아마도 위로하는 말이었을 것이다. 다정한 그의 말이 살갗 위를 맴돌다가 미끄러지는 것만 같은 기분에 침잠하던 기억만 또렷하게 남아 있다. 나는 그를 등지고 누운 채로 잠긴 목소리를 쥐어짜 내며 말했다.

"요즘 그 뉴스 봤어? 의학 혁명 어쩌고 찾는 뉴스."

"아, 봤지. 엄청나던데?"

"정말 그 획기적인 혁명이 일어난다면 말이야. 둘째는 네가 가져."

"물론이지." 남편은 한 치의 망설임도 없이 대답했

다. "그런 기회가 있으면 내가 누구보다 먼저 자원할게. 어릴 때부터 내 꿈이 뭐였는지 알잖아."

"와! 그럼 혁명이 일어났어?" 진이가 묻자 첫째 유림이는 "과학 시간에 배웠잖아. 신체에 부담이 너무 커서 상용화되려면 더 있어야 된다고." 하며 핀잔을 준다.

"하지만 에그가 생겼지. 거기서부터는 너희 아빠가 자세히 얘기해 줄 거야."

"에그를 보는 건 아빠가 전담했으니까?" 유림이 묻는다.

"맞아." 나는 고개를 끄덕인다. "유림이는 그때 아빠랑 같이 있었던 생각이 좀 나니?"

"별로, 거기도 가족실에서 있었다는 것 정도?" 유림이 대답한다. "아, 아빠가 자꾸만 울었던 것도 기억나."

나는 그랬을 거라고 대꾸하고는 간식을 한 아름 안고 온 남편을 위해 문을 열어 준다.

"아빠! 에그는 달걀 모양으로 생겼어?" 진이가 남편에게 달려가며 묻는다.

"그럴 것 같지? 그렇게 여기기 쉬운데 인공 자궁 에그의 실제 모양은 길쭉한 원통형이었어. 진이 텀블러 모양을 떠올리면 되겠다. 크기는 데스크톱 모니터 세 개를 세로로 이어 붙인 정도쯤 됐어. 그 안에 맨 처음……." 남편의 목소리가 파르르 떨린다. "맨 처음 그 안에 우리 진이가 담겼을 때는 얼마나 작았던지, 직접 관찰해도 뭐가 제대로 보이지 않아서 옆에 붙은 확대 화면을 들여다봤지."

"얼마나 작았는데?" 진이가 조그마한 손을 주먹 쥐며 묻는다. "이만큼?"

심장 소리를 처음으로 확인할 수 있는 시기에는 1센티미터가 채 되지 않고 올챙이 같은 모양을 하고 있다고 했더니 진이가 징그럽다며 비명을 지른다. 남편은 진이를 번쩍 안아 들며 조금도 징그럽지 않다고 강조한다. 그때 진이는 정확하게 6밀리미터였다고 말하는 어투는 다소 뽐내는 듯하다. 그래, 마음껏 누리렴. 에그의 전담자는 너였으니까. 이 순간을 마음껏 누릴 만한 자격이 있으니까.

사실 '올챙이 시절'만 하더라도 나는 전담자라는 호칭을 들으면 속으로 코웃음을 쳤다. 열 달 동안 체내에 품고 있는 임신 과정에 비하면 일과 중 틈이 날 때 화면을 보고 들으며 이상을 체크하고 격일로 센터에 방문하는 일에 전담자라는 호칭은 과하기 짝이 없다고 말이다.

하지만 진이가 생성된 지 7주 차가 되면서 상황은 변했다. 담당의는 어색한 미소를 띤 얼굴로 에그에는 아무런 문제가 없다고 했다. 그 말을 세 번이고 네 번이고 반복했기 때문에 오히려 불길하게 들렸던 기억이 지금도 생생하다.

"영양 공급이나 발달 사항을 체크하는 일은 물론이고, 전담자의 성실성만 보장된다면 정서 발달의 측면에서도 에그에는 문제가 없어요. 제 말을 믿으셔도 됩니다."

"믿음이 있으니까 선택한 거예요, 선생님. 그러니까 이제 오늘 부르신 이유를 말씀해 주세요."

내가 채근하자 그녀는 에그가 이제 막 완성된 시스템인 만큼 완벽을 담지하기에는 부족함이 있다고 설명을 이어 갔다. 요는 격일로 전담자가 방문하던 기존의 방식에 변화를 주어야 한다는 것이었다. 에그를 가족실로 옮기고 부모가 함께 상주하며 태아의 상태를 지켜보는 편이 좋겠다는 게 병원과 에그 개발 팀의 공통된 입장이라고 했다.

내 손을 아프도록 쥐고 있던 남편은 안도의 한숨

을 몰아쉬더니 상주하는 일쯤은 얼마든지 감당할 수 있다고 말했다. 그는 즉각 출산 휴가를 받았고, 유림이 어린이집에서 하원하는 시간을 늦추었다. 게다가 가족실에서 유림이와 함께 지내며 에그 모니터링을 전담하겠다고 나를 안심시켰다. 내게는 회사 상황이 어수선한 때 무리하지 않아도 된다며 금요일에 퇴근한 후 오라고, 주말만 함께 보내자고 했다.

"유림이까지 데리고서 정말 감당할 수 있겠어?"

"가족실이니까 자기도 같이 있으면 좋겠지만 지금 자기네 팀이 없어질 위기잖아."

"아마 결국에는 못 막겠지. 그래도 할 수 있는 데까지는 해보고 싶어."

"그 심정 나도 잘 알지. 어떻게 모르겠어, 시스템 업그레이드한다면서 사람 막 자르는 거 우리 회사도 다 겪었던 일인데. 어쨌든 둘째는 내가 전담자니까 나도 최선을 다하고 싶어. 출휴도 썼고, 몇 안 되는 남자 전담자라고 인터뷰를 해 댄 통에 동네방네 모르는 사람이 없는데 완벽하게 해내야지." 그는 대답했다. "기대해. 앞으로 에그에서 일어나는 일은 크건 작건 캡처해서 보낼게. 그럼 자기랑 뭐든지 공유할 수 있을 거야."

그러고 나서 실제로 시도 때도 없이 전송되던 그 많은 사진과 영상들……. 중역들에게 고함을 치며 맞서고 나와서, 한 마리 파리가 된 기분으로 빌고 또 빌며 읍소한 후에, 중역들이 직접 읽는지 AI가 검토하는지조차 모호한 기획서와 보고서를 쓰고 또 쓰던 와중에 나는 남편이 둘째에 관한 소식을 하루에 한두 번쯤만 보낸다면 진심으로 감탄과 경이를 느끼며 볼 수 있을 것 같다는 생각을 했다. 물론 속으로만. 아이를 품고 있을 때 마음에 맺힌 일의 잔영이 얼마나 큰지 모르는 바 아니므로 결코 겉으로는 내색하지 않았다.

"이거 봐. 이게 우리 진이 8주 때 사진이야."

남편은 휴대폰 사진첩에서 당시의 폴더를 불러와서 아이들 앞에 내민다.

"이게 나라고?" 진이가 못 믿겠다는 듯 "그냥 덩어리 같아. 아빠는 이걸 종일 보고 있었어?" 하고 묻는다.

"보고 들었지. 이 아래 있는 그래프가 진이 심장박동을 측정한 거야."

"아빠 정말 열심히 했어." 내가 끼어든다. "매일 진이 심장박동 소리 보내 주고. 진이가 에그 안에서 딸꾹질하면 그것도 녹음해서 보내 주고 그랬어."

"가만있어 봐. 아빠가 진이 딸꾹질 파일 찾아서 들려줄게."

"아빠 되게 신났네." 하는 유림의 귀엣말을 듣고 나는 웃음이 새어 나오는 것을 들키지 않기 위해 고개를 돌린다. 맨 처음 딸꾹질을 녹음한 날 당장 들어 보라며 어찌나 재촉했던지. 막상 듣고 나자 또 어쩌면 그렇게 건성으로 반응하냐면서 얼마나 서러워했는지 모른다. "자기는 유림이 때 몸 안에서 다 직접 느껴 본 일이다, 그거지?" 그의 투정에 나는 그럴 리가 있느냐고 말했다. 그렇게 대답하면서는 성의 있는 표정을 지으려고 애썼던 기억이 난다.

주말부부처럼 지내던 그 시기. 처음에는 아무 걱정하지 말고 일에 집중하라던 남편이 점차 내게 불만을 드러내기 시작한 게 언제쯤이었더라. 겹겹이 쌓여 가던 분노가 임계점을 넘은 날은 토요일이었다. 한 주 내내 유독 미세먼지가 심했던 주였다. 그는 시터 서비스를 이용하여 유림이를 가족실에서 내보낸 후에 한동안 말없이 나를 응시하더니 도저히 이해할 수 없다고 말했다.

"어제 그렇게 바빴어? 늦게라도 못 올 만큼?"

"내가 뽑아서 이제 3년 차인 부하 직원이 짐 싸는데 나 몰라라 혼자 빠져나올 수가 없었어."

"그러시겠지. 더 말해 봤자 나만 속 좁은 사람 될 거고." 남편은 내게 등을 보이며 에그 앞으로 향했다.

"미안해, 정말. 나도 미안하게 생각해."

"다른 날이면 몰라. 어제는 폐가 제대로 성숙했는지 체크하는 날이었잖아. 내가 신신당부했잖아." 남편이 몸을 휙 돌려 서더니 치뜬 눈으로 나를 응시했다. "공기가 이런데, 사방에 천식으로 고생하는 애들천진데, 폐가 얼마나 중요한지 모르는 사람처럼 어쩌면 그렇게 관심이 없을 수가 있어?"

"혹시 폐에 이상이 있을지 모른다는 얘기가 있었던 거야? 그걸 혼자만 듣고 속 끓이고 있었던 건 아니지?"

남편은 미간을 문지르더니 천천히 고개를 저었다. 실은 폐에 이상이 보인다는 소견은 없었다고, 다만 발육 속도가 평균치에 비하면 다소 더딘 편이므로 장기 전체가 다 성숙하기 전까지는 최대한 집중해서 관찰하고 더 자주 말을 걸어 달라는 방침을 들었다고 했다. 담당의의 말이 모호하게 들렸으므로 굳이 나에게까지 알릴 생각은 하지 않았다고, 하지만 두려움을 떨칠 수 없었다고 말했다. 하필 유림이가 감기 기운이 돌아서 자꾸 떼를 썼는데 기침하는 큰애를 달래면서 에그를 들여다보고 있노라면 작은 몸을 떨며 발작적으로 기침하는 아이의 모습이 끝없이 연상되어 미칠 지경이더라고 했다. 혼자 삭이던 이야기를 꺼낸 후 조금 후련해졌는지 그의 눈에 눈물이 맺혔다. 다음 순간에는 기어이 눈물이 터져 나왔다. 그의 어깨를 감싸 안으며 나는 무엇보다 둘째에게 이상이 없다는 사실에 감사했다. 그 순간 맨 먼저 든 감정은 물론 깊은 안도감이었다.

다만 한 가지 잊을 수 없는 사실은 남편의 들썩거리는 어깨를 쓰다듬으며 내 마음의 어떤 영역이 모종의 후련함을 맛보고 있었다는 점이다. 물론 남편이 에그 속 둘째를 바라보고 말을 거는 시간이 온통 놀라운 생명의 신비로만 가득 채워졌더라면 더할 나위 없었을 것이다. 둘째에게 티끌만 한 위험이 있었을지도 모른다는 가정만으로도 나 역시 가슴이 아렸다. 그렇지만 내가 살아가며 겪었던 가장 막막하고 두려웠던 감정을 그도 경험했다는 사실은 내게 분명한 의미를 가졌다. 지금껏 살면서 바로 이 순간처럼 남편의 존재를 가까이 느낀 적이 없다고 확신했다. 우리 두 사람은 이 경험을 통해 비로소 진정한 부부가, 부모가 된 것일지 모른다는 생각도 들었다. 물론 그런 이야기는 남편에게 전하지 않았다. 다만 그의 어깨를 감싸 안은 채 다정한 손길로 쓰다듬었을 뿐이었다. 그러는 동안 우리 두 사람과 마주한 에그, 바깥 세상의 어떠한 불안이나 고립이 침범할 수 없는 그 납작한 원통형 기계 안에서 둘째는 엄지손가락을 빨며 곤히 잠들어 있었다.

피톤치드 듬뿍 코스가 끝나 갈 즈음 남편의 배 속에서 요란하게 꼬르륵거리는 소리가 난다. 진이를 무릎에 앉혀 놓고 쉬지 않고 떠들었으니 그럴 만도 하다. 가족실을 나가며 유림은 두 눈이 그렁그렁해지도록 하품을 한다.

"우리 딸내미, 피곤하면 좀 자지 그랬어."

"아빠 목소리가 신경 쓰여서 못 잤어."

"하긴 그랬겠네." 나는 진이를 목말 태우고 가는 남편의 뒷모습에 시선을 던진다. "유림아 사람은 있지, 가끔 그럴 때가 있는 거 같아. 전에 내가 되게 외로웠다고, 그때 세상에서 혼자 남은 기분이었다고 얘기하고 싶어질 때가. 듣기 좋은 건 아닐지 모르지만 그런 얘기도 아무한테나 하는 건 아니란다."

"갑자기 그런 얘기가 왜 나와?" 유림이 묻는다.

"그냥, 갑자기 그런 생각이 났어."

"뭐야, 그게." 유림이 웃는다. "아무튼, 그런 얘기도 아무한테나 하지는 않는다는 거네?"

"당연하지. 그러니까 누군가 우리 유림이한테 그런 얘기를 해 오면 잘 들어 줄 수 있으면 좋겠다. 유림이가 그런 기분 들면 엄마한테 말해 줬으면 좋겠고."

유림은 건성으로 고개를 끄덕인 다음 고민거리를 안고 있는 게 역력한 얼굴을 하고 엘리베이터의 버튼을 누른다. 그러더니 내 시선을 의식한 듯 의식적으로 기지개를 켜 보인다. 고작 몇 센티미터로 내 몸 안에 존재하던 시절, 딸꾹질하는 진동부터 양발을 뻗는 움직임까지 온전히 감각할 수 있었던 그 시절은 어느새 아득하고, 아마 내년쯤이면 내 키를 넘어서 자랄 듯하다.

유림아, 너를 품고 있을 때 엄마는 무척이나 충만했단다. 그와 동시에 고통스럽고 고독했단다. 나는 속으로 그렇게 말하며 엘리베이터 안에 들어선다. 두 딸의 손을 한 쪽씩 잡고 지독하게 외로운 기분이 들거든 꼭 엄마에게 얘기해 달라고 한 번 더 말한다.

"유림이, 진이, 둘 다 알았지? 엄마랑 약속하는 거

야?"

"응!" 진이가 먼저 대꾸하자 "아빠한테도." 하고 남편이 덧붙인다.

진이가 목소리를 높여 아빠에게도 얘기해 주겠다고 대답한다. 하지만 엘리베이터가 1층을 향하는 동안 유림은 여전히 입을 꾹 닫고 있어서 조바심이 난다. 이윽고 문이 열리자 대답을 안 해 주면 걱정이 된다고 채근하는 나를 유림이 엘리베이터 밖으로 부드럽게 끌어당긴다.

"말 안 해도 알던데 뭐." 유림이 겸연쩍은 듯 중얼거린다. "나한테 고민거리 있으면 꼭 엄마가 먼저 물어보던데? 우리 큰딸 무슨 일 있구나 하면서."

친구가 되어 드립니다

"확실히, 록의 시대는 갔어."

민주의 입에서 그런 말이 나왔을 때 성지는 카디건 소매 끝에 일어난 보풀을 만지작거리고 있었다. 오랜만에 꺼내 입은 옷은 언제 이렇게 후줄근해졌나 싶게 낡은 태가 났다. 옷이 상하는 사이에 몸에서 일어난 변화도 심란함을 부채질했다. 역에서부터 열차 플랫폼까지 그리 멀지 않은 거리를 달린 후 숨이 달려 헉헉거리다 못해 목덜미까지 땀으로 흠뻑 젖은 것이다. KTX에 오르자마자 성지는 입고 있던 카디건을 벗어 들고 허겁지겁 탄산음료를 마셨다.

성지는 예전에 툭하면 "나만 이렇게 더운 거니?"라

며 한겨울에도 얼음물을 벌컥벌컥 들이켜던 어머니의 모습을 떠올렸다. '노화'라는 말을 어느 때보다도 가깝게 느끼며 이번 여행을 마치고 나면 다시 운동을 시작해야겠다고, 보풀이 인 옷처럼 내 몸을 방치할 수는 없다고 다짐하는데 민주가 반쯤은 혼잣말처럼 중얼거렸던 것이다. 확실히, 록의 시대는 갔다고. 그러더니 자신이 사고가 유연한 편은 되지 못한다는 사실을 이제야 확실히 알게 되었다는 말도 덧붙였다. 연달아 '확실히'라고 언급한 점을 의식하며 성지는 가방 안에서 귤을 꺼냈다. 껍질을 벗기자 확실하게 상큼한 향기가 열차 안의 정체된 공기 사이로 퍼져 나갔다.

"록의 시대가 저문 거랑 네가 유연한 편이 아니라는 게 관계가 있어?" 성지가 귤 반쪽을 내밀자 민주는 실 같은 속껍질을 꼼꼼히 벗기며 "유연성까지 논하는 건 좀 거창하긴 해. 그냥 사람이 좀 곧이곧대로라고 할까." 하며 한발 물러섰다.

귤을 하나 더 꺼내면서 성지는 그 말에 관해 생각해 보았다. 그러자 민주는 "지금 네 표정도 봐. 아니라고는 못 하겠네, 하는 얼굴이라고." 하며 미소 지었다.

"아, 이건 계산된 연기지. 내가 이래 봬도 어릴 때 배우를 꿈꾸던 사람이잖아."

"아이고, 고오호맙습니다." 민주가 장난스럽게 대꾸했다. "우리 팀 팀장은 어릴 때 기타를 쳤대. 대학 때까지는 밴드 활동을 했나 봐."

"니네 팀장한테 그런 이미지가 있었어?"

"없었지. 암튼 취업 준비하면서 접었는데, 그때는 정말 도살장 끌려가는 소가 된 느낌이었지만 돌아보니까 다행이라는 거야. 어차피 록의 시대는 진작 끝났고 이제 밴드 음악 듣는 사람은 아무도 없으니까. 거기에 자기 인생을 걸었으면 어쩔 뻔했느냐면서."

성지가 고개를 끄덕이자 민주는 팀원들도 같은 반응이었다고 했다. 누군가 최근에 본 쇼츠 영상을 계기로 팬이 되었다는 래퍼의 이름을 댔고 다른 팀원이 자신이 좋아하는 아이돌과 컬래버한 곡도 들어 보라고 재촉하듯 말했다. 확실히, 힙합과 아이돌이 대세였다. 그럼에도 민주는 좀 탐탁지 않은 기분이 들었다. 끝났다거나, 아무도 안 듣는다거나, 뭐 그렇게까지 말할 게 있나 싶었던 것이다. 어디에서든 누군가는 변치 않은 마음으로 여전히 아끼고 있으련만 그렇게까지 명확한 말로 내칠 필요가 있을까. 불필요하게 야박한 게 아닌가 싶었다.

"그랬더니 팀장이 팔짱을 딱 끼면서 짓는 표정이

어땠냐면, 아마 내가 전에 얘기한 적 있을걸. 난 네가 지금 무슨 생각 하는지 다 꿰뚫고 있다, 너는 내 손바닥 안에 있다, 그런 세상 냉철한 척하는 얼굴. 그런 얼굴로 나보고 반론을 하고 싶으면 대 보라는 거야. 최근에 새로 듣기 시작한 밴드가 있거나, 주변에서 들어 보라고 추천해 준 곡이 있는지. 하다못해 화제에 오른 밴드 음악이라도 있는지."

"없긴 없네." 성지가 대꾸했다.

"없어." 민주가 동의했다. "애초에 나도 밴드 음악에 애정이 있어서 기분이 묘했던 게 아니라 뭐 굳이 그렇게 잘라 말할 게 있나, 거기 꽂혔던 거니까. 아주 팀장이 일장 연설할 기회를 마련해 준 거지. 내 손으로 무대 쫙 올리고, 조명 밝히고, 레드 카펫까지 다 깔아 준 거야."

팀장은 민주가 유연성이 부족하다고 강조한 모양이었다. 소위 반골 기질이 있는 사람들은 으레 자신은 변화를 받아들이는 속도가 빠른 쪽이라고 인지하고 있기 마련인데, 실상 어떤 면에서는 누구보다 고집스럽고 요령이 없을 수 있다는 사실을 기억하라면서.

성지는 이번에야말로 아니라고 못 하겠다는 표정을 감추기 위해 귤 반쪽을 재빨리 입안에 밀어 넣었다. 솔직히 말하면 그 말은 틀렸다고, 팀장이 내 친구 민주를 오해하고 있다고 광화문 사거리 한복판에서 외칠 정도는 되지 못했다. 하지만 별것 아닌 예와 당연한 말로 친구의 기를 죽인 그의 논리가 얄미워서 반박할 만한 사례를 찾고 말겠다는 투지가 일었다. 그러니까 최근에 화제에 오른 밴드 음악이라. 최근이란 언제까지를 일컫는 것일까, 그럼 마지막 화제는 언제였던가, 하고 더듬다 짝 소리가 나게 손뼉을 치며 외쳤다.

"퀸! 몇 년 전이기는 한데, 「보헤미안 랩소디」 영화 개봉했을 때 온 나라가 난리였잖아. 아주 전 세계가 난리였잖아!"

성지는 그 영화를 극장에서만 두 번 보았다. 그해 가을과 겨울에는 영화의 사운드트랙과 퀸의 앨범을 반복해서 들었고 민주 역시 마찬가지였다. 하지만 민주는 고개를 양쪽으로 번갈아 가며 갸웃거리더니 이미 몇 년 전 일인 데다 새로 등장한 밴드가 아니어서 팀장에게 인정을 받기는 힘들 거라고 답했다.

"참나, 니네 팀장 의견 알 게 뭐야? 됐다고 그래. 이제야 밝히는 거지만 어쨌든 우리가 다시 만나서 떠들고, 이렇게 별 보러 가게 된 것도 다 퀸 덕이니까."

"그게 무슨 얘기야?" 민주가 물었다.

귤 한 개를 더 집어 들며 잠시 말을 고르던 성지는 「보헤미안 랩소디」가 세계적으로 인기를 끌었던 시기에 자기가 4년 가까이 산 집에서 이사 나갈 준비를 하고 있었던 것을 기억하느냐고 물으면서 이야기를 시작했다.

그해 겨울, 세 군데 지역에 걸쳐 숱하게 집을 보러 다니는 동안 성지는 바로바로 집의 특징을 적어 두지 않으면 기억에서 금세 휘발돼 버린다는 사실을 깨달았다. 그래서 한 집을 살피고 나오면 주변 사람들에게 그 집의 특징을 곧바로 메시지로 보내며 어떤 것 같으냐고 묻는 버릇이 생겼다. 메시지를 보내는 대상에는 학부 시절 선배인 정묵도 있었다. 새벽 내 내리던 비가 그치고 유독 스산한 바람이 불던 어느 날이었다. 성지는 정묵에게 또 혼자 부동산에 갈 생각을 하니 힘이 빠져서 프레디 머큐리의 쨍한 목소리를 들으며 겨우겨우 기력을 끌어올리고 있다고 투정했다. 그러자 정묵은 앓는 소리 그만하라더니 함께 가 주겠다고 나섰다.

그날 둘러본 집 중에 성지의 마음에 든 곳은 맨 마

지막 집이었다. 옆 건물과 사이가 밭은 북향 원룸에서 살았던 성지는 그 집의 거실 겸 부엌에 난 큼지막한 창을 보는 것만으로 속이 뻥 뚫리는 기분이 들었다.

정묵이 대로변에 접해 있어서 시끄럽지 않냐고 물었을 때, 현재 거주자는 그런 면이 없지는 않다고 솔직히 인정하는 대신 밤에 늦게 들어올 때 겁이 덜 나는 위치라고 강조했다. 그러고는 집 앞의 가로수 길을 따라 십 분만 걸으면 작은 공원이 나오는 것 또한 장점이라며 봄에는 공원 입구에 장미가 만발한다고 덧붙였다.

중개인에게는 오늘 저녁까지만 생각해 보고 다시 연락하겠다고 말했지만 성지의 마음은 이미 그 집으로 기울어 있었다. 근처의 샤부샤부 식당에서 식사하면서는 가계약금을 걸고 올걸 그랬나, 하는 생각이 들어 초조한 지경이었다.

"애가 뭘 모르네. 너도 결혼이란 걸 하지 않겠냐? 그런데 너는 하고 싶은 대로 다 하고 살면서 어느 날 짠 하고 나타난 남자는 막 34평 아파트 정도는 자기 명의로.돼 있고 그럴 거 같아? 그런 허황된 꿈 꿀 나이는 한참 지났으니까 일단 지금은 임시 거처다 생각하고 적당한 데서 타협하고 돈을 모아야지."

정묵은 그렇게 말함과 동시에 2인분으로 나온 소고기 전부를 쏟아붓듯 냄비 안으로 집어넣었다. 성지는 정묵의 손등을 찰싹 소리 나게 때리며 그가 쥔 집게를 뺏어 들었다.

"선배야말로 먹을 줄 모르네. 다 때려 넣으면 소고기 질겨지잖아."

"그럼 이제부터 네가 해 주면 되겠다."

정묵은 싱글거리며 맥주잔을 들더니 소고기에만 신경 쓰지 말고 사람한테 신경을 쓰라고 말했다.

"덮어 놓고 방심하다 독거노인 못 면한다, 들어 봤지? 그러다 외톨이 그랜마 된다고."

정묵은 여러 점이 엉겨 붙어 한 덩어리가 된 소고기를 식히지도 않고 입안에 넣으며 뭉개진 발음으로 물었다. "요새 만나는 사람 있어? 34평 아파트 기다리는 거 아니면 한 명 소개해 줘?"

입에서 연신 더운 김을 뿜어 내는 정묵의 모습에 성지는 그를 처음 알게 된 10여 년 전을 떠올렸다. 과방에서 컵라면에 물을 부은 후에 언제나 맨 먼저 뚜껑을 열었던 급한 성격은 예나 지금이나 그대로였다. 먼저 연락을 해 오는 일은 무슨 용건이든 자기가 급할 때뿐이지만 잊을 만하면 한 번씩 쓸모 있게 굴면서 여지를 남기는 패턴도 변함없었다. 오늘만 해도 겨우내 징징거릴 거냐고 면박을 주는가 싶더니 부동산에 같이 가 주겠다며 따라 나오지 않았던가. 하지만 막상 만나면 농담인 듯 후려치기를 일삼았다. 떠보는 듯한 말을 흘리는 역사 또한 유구한 것으로 소개팅을 시켜 주겠다는 얘기도 매년 들어 왔다.

전에는 그런 농담도 밀당의 한 조각으로 여겨져서 싫지만은 않았었는데, 하고 성지는 생각했다. 입천장이 다 까졌다며 찬물을 찾는 정묵은 변함없건만 성지는 그를 더 이상 자기 쪽으로 당겨 보고 싶은 마음이 들지 않았다.

"그래 한번 보자. 사진 있어?"

"누군지도 안 물어보고 사진부터 보여 달라고?" 정묵이 너털웃음을 터뜨렸다.

"배 내밀고 앉아서 말만 하지 말고 사진 있으면 한번 보여나 주라고. 난 요새 착실한 남자가 좋더라, 선배 주변에 그런 사람이 있을까 몰라?"

"착실? 있지, 있어, 영화 CG 만드는 회사 다니던 놈. 딱 잘됐네, 요새 잠깐 쉰다고 살판났던데."

"세상 착실하신 분인데, 하필 지금은 놀고 계시다?"

"야, 다음에 갈 데가 다 있으니까 몇 달 재충전하

는 거지. 이 나이에 아무 생각 없이 나왔겠냐? 애가
워낙 모범생과라 모험을 하래도 못 해. 소심해서 친구
도 별로 없고. 그래도 별거 다 넣어서 맨날 밥도 지가
볶아 먹고, 착실하지 뭐. 투 머치 착실하다 보니까 좀,
네 스타일은 아니겠다."

"내 스타일인지 아닌지는 직접 보고 얘기해 줄게.
연락처나 줘."

한동안 성지는 그 일을 까맣게 잊고 있었다. 그러
다 정묵에게 연락을 받은 것은 새집으로 이사 오고
나서 일주일쯤 시간이 흐른 시점이었다. 밤 10시를 넘
긴 시간이건만 그는 대뜸 너희 집 근처라며 한잔하자
는 말부터 꺼냈다.

"나 이사했잖아. 한잔하고 싶으면 우리 동네로 오
든가."

아직 이 동네에서 혼술 할 만한 집도 못 찾았고 마
침 적적하던 참이었는데 하는 말은 굳이 입 밖에 내
지 않았다. 부르면 달려올 수 있는 거리가 아니라는
판단을 한 정묵이 그새 딴청을 부렸기 때문이었다.
성지는 20대 초반부터 줄기차게 "그 선배는 기본적으
로 너를 대할 때 예의가 없고, 성의도 없어. 그게 글러
먹었다고. 사귀지도 않겠지만, 사귄다 해도 네 속만

시끄러울 사람이라고." 하고 누누이 강조하던 민주의 말을 떠올렸다. 그 말을 귀에 못이 박히도록 듣는 동안 민주의 오지랖을 귀찮게 여겼건만 그제야 비로소 마음에 와닿았다. 허탈해진 성지는 승진에서 밀렸다는 그의 하소연을 오 분쯤 들어 주고 나서 예의 '착실한 남자'의 연락처를 알려 달라고 재차 요구했다.

남자의 이름은 우솔이었다. 대략 일주일가량 대화를 나누는 동안 우솔은 대체로 성지가 하는 말에 동의를 표하며 맞장구를 쳤다. 자기가 먼저 말을 걸거나 새로운 화제를 꺼낼 때면 어찌나 조심성이 넘치는지 휴대폰 액정에 떠오른 단어 하나하나가 뻣뻣하게 굳은 듯 보였다.

메시지를 주고받다 말고 어휴, 재미없어, 하고 육성으로 혼잣말이 나올 지경이었음에도 성지는 결국 우솔과 만나기로 했다. 그 주 휴일에 잡아 둔 약속이 갑자기 취소된 탓이었다. 북카페를 운영하며 주말이 아닌 월요일과 화요일에 쉬는 성지로서는 휴일 오후에 갑작스레 만날 만한 사람을 구하기 쉽지 않았다. 기대감 없이 데이팅 앱을 이십 분쯤 훑다가 이러느니 기왕에 대화를 나눠 본 남자를 만나 볼까 싶어서 운을 띄웠을 때, 우솔은 지체 없이 성지가 편한 시간과 장소로 가겠다는 답장을 보내왔다.

약속 당일 오후에 우솔은 영화 시간에 아슬아슬하게 맞춰서 극장에 도착했다. 얼마나 뛰었는지 연신 사과하는 그의 이마에는 땀에 젖은 앞머리가 가닥가닥 달라붙어 있었다. 성지는 극장에 들어서면서 그가 후배의 부탁으로 취업 준비생에게 CG 프로그램 과외를 하고 있다는 점과 학생이 과외 시간에 늦는 바람에 점심도 거른 채 수업을 진행하고 급하게 나왔다는 사실을 알게 됐다.

"이 영화 두 시간 반이나 하는데 어떡해요. 다음 타임 거 볼걸 그랬나 봐요."

우솔은 괜찮다며 이마의 땀을 닦았다. 그러나 영화 속 등장인물들이 대화를 멈추었을 때 또렷하게 들린 꼬르륵거리는 소리에 성지는 아랫입술을 깨물며 소리 죽여 웃어야 했다.

안타깝게도 그날 성지가 진심으로 웃은 것은 그때뿐이었다. 메신저에서 끊기던 대화가 얼굴을 마주한다고 해서 술술 이어질 리 없었던 것이다. 성지는 우솔에게 궁금한 게 별로 없었고, 매력적인 면을 발견하지도 못했다. 그토록 배를 곯았음에도 영화 관람

후 식사를 하러 간 자리에서 허겁지겁 먹지 않고 깔끔한 식사 매너를 보였다는 점 하나가 마음에 들었을 뿐이었다.

"참, 요리를 잘하신다면서요? 자취한 지 오래되셨어요?"

문득 정묵의 언급이 기억난 성지가 묻자 "잘하긴요."라며 우솔이 저어했다. "자취는, 2년 전부터 했어요. 그때까지는 그냥 본가에 있었구요."

"그럼 원래부터 어머니를 많이 도와 드리셨나 보군요?"

"아…… 그러기는 좀 힘든 게 사실 저희 어머니는 제가 부엌에 들어가는 걸 좀 안 좋아하셔서……"

말끝을 흐리는 그의 대답에 성지도 건성으로 고개를 끄덕이며 별다른 대꾸를 하지 않았다. 강풍이 휘몰아치는 겨울날 땀에 젖도록 뛰어온 것과 굳이 알릴 필요가 없는 정보를 자기 입으로 전하는 행동의 간극으로 보건대 지독하게 센스가 없거나, 머리가 나쁘거나, 혹은 둘 다에 해당하는 모양이라고 생각하면서.

그날 집에 돌아온 성지는 창밖을 바라보며 한참 동안 옴짝달싹하지 못 하다가 겨우 씻고 나서는 하염없이 침대 위에 뻗어 있었다. 우솔과의 만남에 기대가 크지 않았으므로 그에 대한 실망 때문에 우울한 것은 아니었다. 다만 뭐랄까, 이러다 정묵의 말대로 정말 홀로 외롭게 늙어 갈지도 모른다는 공포가, 인생이 점점 더 암담해지는 것 같다는 느낌이 몸과 마음을 뒤덮은 탓이었다. 오래도록 마음에 두었던 정묵에 대한 마음은 시들해지고 새로 만난 우솔이 시시한 것만 봐도 이미 답은 나와 있는 것 같았다. 더 알고 싶고 가까워지고 싶은 설렘의 대상은 좀처럼 나타나지 않았다. 반면에 상대의 단점과 서로의 차이는 점점 더 빠르고 명확히 눈에 들어왔다. 게다가 그것은 연애 대상에만 국한된 얘기가 아니었다. 다른 인간관계에서도 다를 바 없었다. 이를테면 중학생 때부터 알고 지낸 민주만 하더라도 그랬다. 당시에 성지는 은하의 집에서 함께 만난 날 이후로 반년 가까이 민주와 연락이 끊기다시피 한 상태였던 것이다.

은하의 아이를 처음 보러 가기로 한 그날은 그해 처음으로 낮 최고 기온이 30도를 넘어선 날이기도 했다. 하지만 은하는 긴소매 웃옷에 긴바지를 입고 양말까지 챙겨 신고 있었다. "더운 걸 참을 필요는 없는데 에어컨 바람을 직접 쐬지는 말래." 하고 손부채질하는 은하의 눈가는 우둘투둘했다. 만삭에 이르도록 입덧에 시달리며 격심한 구토를 거듭하는 동안 얼마나 눈물을 흘렸는지 눈가에 피부 발진이 일어난 흔적이 남은 탓이었다.

"이렇게 순한 애기가 엄마를 그렇게 고생시켰다니."

민주가 채영의 티 없이 보드라운 발바닥을 건들며 말했다. 은하는 "그러게 말이야." 하면서 맥없이 웃었다. 채영을 건네받고 조심스레 품에 안자 양팔과 목덜미로 열기에 가까운 온기가 전해졌다. 이렇게 따듯한 생명을 얻느라 은하가 그토록 고생했구나 싶어서 성지는 뭉클한 기분이 되었다.

다행히 채영은 잠투정이 적은 편이라 사람들의 방문에도 울음을 터뜨린 적이 별로 없다고 했다. 쌔근쌔근 잠든 채영 옆에서 민주와 성지는 목소리를 낮추어 이야기를 나누었다. 당시에 연일 지면을 장식하던 뉴스에 관한 이야기가 화제에 오르자 민주가 땅이 꺼져라 한숨을 내쉬며 세상이 지뢰밭처럼 느껴진다고 말했다.

"도대체 미투 얘기가 안 나오는 업계가 있어야 말이지."

"그러게." 은하가 동의했다. "다른 경우는 몰라도

이번에 고발당한 그 인간까지 그럴 거라고는 정말로
상상도 못 했는데."

채영의 곁에서 가해자의 이름을 언급하는 것조차
찜찜하다는 은하의 말에 '그 인간'이라고만 지칭하며
나누던 대화가 멈춘 것은 성지가 무심결에 던진 한마
디 때문이었다.

"그런데 최초 폭로자라는 그 여자 인상이 좀 의외
지 않아?"

"무슨 소리야?" 민주가 미간을 찌푸리며 되물었다.

"아니 뭐, 아무나 할 수 있는 직업이 아니니까 당연
한 일이긴 하지만 어쨌든 긴 시간 속수무책으로 당할
사람 같지는 않더라는 거지. 기사 사진에서 째려보는
눈매 봤어? 절대 호락호락해 보이지는 않던데."

민주는 으이그, 하며 성지의 손등을 쥐었다가 놓
듯 살짝 건드렸다. 그러고는 "가해자 편을 들고 싶은
건 아니지?" 하고 반문했다.

"뭐래, 당연히 아니지."

"나도 설마 네가 그럴 거라 생각한 건 아니야. 근데
사실 요즘 대놓고 가해자 편을 드는 사람이 있겠어?
그러니까 대놓고 그러는 거만 2차 가해인 게 아니래,
피해자를 위축시키는 건……."

성지는 "아니, 내 말은……." 하고 운을 뗐지만 민주가 설명을 이어 가는 동안 얼어붙기라도 한 양 아무런 대꾸를 하지 못했다. 민주가 전하고자 하는 개념을, 그러니까 피해자를 낙인찍어 고립시키는 2차 가해의 양상에 관해 이해하지 못해서가 아니라, 자신 또한 요즘 세상에 어디 그런 삶은 소리를 지껄이느냐면서 누군가를 흘겨본 적이 있기 때문에. 따라서 민주가 지금 이토록 정색하고 나서는 것을 보면 내심 여태 자기를 '그런 사람'으로 여겨 왔던 것인가 하는 생각을 하지 않을 수 없었던 것이다. 수치심에 준하는 감정이 울컥하고 밀려왔다. 그러나 한마디 말실수였을 뿐 나는 '그런 사람'이 아니라고 목청 높여 항변하는 것처럼 구차스러운 일도 없는 것 같았다. 겨우 잠든 채영을 깨울까 염려스럽기도 해서 입술만 깨물고 있었건만 허탈하게도 몇 분 지나지 않아 채영이 잠에서 깨고 말았다.

민주는 분유를 먹는 채영 옆에 딱 붙어 앉더니 "채영아, 이모는 속상해. 당연히 그런 기사 쓰는 놈들이 사진을 일부러 골라서 쓴 걸 텐데. 아유, 너무 속상해." 하며 성지를 향한 투정을 전했고 "민주 이모 속상해서 어떡하니." 하고 은하도 장단을 맞췄다.

은하까지 은근히 편드는 것을 보면 내가 사과를 해야 하는 모양이라고 성지는 생각했다. 하지만 정말 사과를 한다면 두 친구가 아니라 기사 속 인물에게 하는 게 맞을 테니 이 자리에서 할 수 있는 것은 해명뿐이었는데, 이게 해명까지 할 일인가 하는 피로감에 한숨이 푹푹 나왔다. 서로 엇비슷한 피로감을 느낀 것인지 그날 이후 딱히 연락을 취하지 않은 채 반년이 지나갔다.

어쩐지 요새 부쩍 적적하다 싶더니 그게 이사한 탓만은 아니었구나, 하고 성지는 남의 일처럼 깨달았다. 그때 휴대폰에서 메시지 알림음이 들렸다. 우솔이었다. 내용을 확인하기에 앞서 성지는 다음에도 만나서 밥 먹고 영화 보자는 빤한 얘기면 거절해야겠다고 마음먹었다. 그런 데이트라면 질렸고, 지금은 질려 있는 게 그것 말고도 많았으니까.

그러나 우솔과 다음 데이트를 한 장소는 다시금 영화관이었다.

성지가 결심을 어기게 된 데는 몇 가지 이유가 있었다. 그중 가장 큰 영향을 끼친 것은 우솔과의 만남과 직접적인 연관이 없는 사건이었다.

사건이 발생한 곳은 한 인터넷 카페의 자유 게시판이었다. 거의 매일 습관적으로 게시판을 훑어보고, 이따금 책을 추천하는 리플을 달고, 더 가끔은 자신이 운영하는 북카페를 넌지시 홍보하기도 하던 성지는 어느 날 그곳 자유 게시판에서 어느 걸 그룹을 언급하는 게시물을 보게 되었다. 다른 카페에서 퍼 온 형태로 작성된 글은 묘한 구도를 노리고 캡처한 사진을 정성껏 이어 붙인 것하며 누구도 확인할 수 없는 사항을 직접 본 듯 생생하게 묘사하는 서술에서 악의가 느껴졌다. 글의 하단에는 몇몇 사람이 주의를 주는 댓글을 적어 두었고, 성지도 몇 마디를 보태지 않을 수 없었다. 루머의 주 타깃이 고작 열여섯 살인 그룹의 막내이기 때문이었다. 성지는 미성년자를 대상으로 이토록 모욕적인 소문을 내는 사람도, 옮기는 사람도 인격을 의심하게 된다며 게시물 자체를 삭제하는 게 좋지 않겠냐고 적었다. 그러자 '인격을 의심하게 된다.'라는 표현에 몇몇 회원이 불쾌감을 드러냈다. 게시물 삭제 요구는 지나치다는 의견도 있었다.

댓글은 며칠 만에 100여 개로 불어났고 성지는 인격을 운운한 부분을 사과하라는 요구를 받았다. 남의 인격을 운운하기 전에 스스로를 돌아보라면서 몇 해 전에 남겼던 농담조의 댓글이 끌어올려지자 비난이 쏟아졌다. 누군가 원래 마음에 안 드는 여자였다고, 자기 가게 홍보하려던 수가 빤히 보였다고 적자 줄줄이 동조하는 댓글이 달렸다. 중학생인 연예인을 모욕 한 일을 뉘우치지 않겠다는 일념으로 똘똘 뭉쳐 악을 쓰는 사람들이 모인 곳에 남기 위해서 사과할 의사는 추호도 없었으므로 성지는 제 발로 모임에서 나왔다.

그러니까 민주야 내 얘기 좀 들어 봐.

그때 한마디가 삐끗 잘못 나온 거지 나도 정말 아니다 싶은 일에는 나선다고. 싸운다고.

성지는 민주와의 대화창에 그렇게 적었다가 지웠다. 잠시 후에 요즘 어떻게 지내냐고 적고, 나는 세상 만사 즐거운 일이 하나도 없다고 썼다가도 지웠다.

그래, 맞아. 네 말이 다 맞아. 목소리 큰 인간들한테 원래 이상했던 여자라고 한번 몰리고 나면 판세가 그렇게 그냥 굳어 버리더라. 네가 얘기했을 때는 또 엄근진 나왔다 싶었는데 내가 겪어 보니까 확실히 알겠더라.

이튿날에는 그렇게 쓰고서 한참을 들여다보았다. 문득 혹시나 다시 싸움을 거는 것으로 읽힐지도 모른다는 데 생각이 미쳤고, 그럼 어떻게 적어도 마찬가지인 게 아닐까 싶어 맥이 탁 풀려 버렸다. 그리하여 결국 아무런 메시지도 보내지 못했다.

우솔이 성지의 북카페에 얼굴을 비치기 시작한 것은 바로 그즈음이었다. 그는 책을 보는 둥 마는 둥 어색한 미소만 짓다 갔지만 온라인과 오프라인에서 공히 지인들이 줄어만 가는 시점을 파고들어 온 타이밍만큼은 훌륭했다. 결정적으로는 눈이 오던 날 입고 왔던 우솔의 슈트 핏이 기대 이상이었다. 게다가 그날 그는 일반적인 영화 관람이 아니라 노래를 따라 부르며 관람하는 싱얼롱 상영을 함께 보자고 제안했다.

"저도 「보헤미안 랩소디」 싱얼롱 가 보고 싶었어요. 아직 싱얼롱을 한대요?"

성지의 질문에 우솔은 환한 얼굴로 고개를 끄덕이며 영등포의 저녁 시간대가 호평이라고 대답했다. 정 그렇다면 별수 없지 싶어서 성지는 식사와 영화 관람이라는 빤한 데이트를 한 번 더 시도해 보기로 했다.

"제가 더 일찍 예매를 했어야 되는데 자리가 별로 좋은 데가 아니라서 죄송합니다."

영화 관람 얘기를 나눈 날 바로 예매했음에도 우

솔은 약속을 어기기라도 한 사람처럼 깍듯이 말했다. 평일 저녁이건만 상영관은 만석에 가까웠다. 두 사람의 자리는 왼쪽으로 치우쳐 있었으나 그나마 벽보다는 통로에 가까운 좌석이었다.

성지는 영화가 시작되고 얼마 지나지 않아 열성적인 관람객들이 중앙열 뒤편에 집중적으로 모여 앉아 있다는 사실을 알 수 있었다. 라이브 장면마다 그쪽에서 환호성이 터져 나오며 형광봉 불빛이 반짝였기 때문이다. 몇몇 사람들은 탬버린을 흔들기도 했다. 극장에서 처음 보는 광경에 자꾸만 시선이 향하는 터라 성지는 러닝타임의 절반이 지나간 시점에서야 비로소 영화의 내용에 빠져들었다. 저택에 홀로 남은 프레디 머큐리가 창 너머로 깜빡이는 불빛에 의지해 쓸쓸함을 억누르는 모습이 남 일처럼 느껴지지 않아서 탄식이 나왔다. 성 정체성을 취조하듯 캐묻는 질문 세례와 맞물려 탐욕스럽게 터지는 카메라 플래시가 이어지는 장면에서는 명치께가 옥죄는 듯한 갑갑함을 느껴야 했다.

영화의 클라이맥스인 라이브 공연 시퀀스가 시작됐을 때 성지는 또 한 번 문화 충격을 겪었다. 형광봉을 들고 있던 이들이 일제히 자리에서 일어나더니 두 번째 곡인 「Radio Ga Ga」의 전주가 울려 퍼지자 스크린 앞과 좌석 사이의 공간으로 몰려가서 실제 콘서트장의 스탠드석에 온 듯한 풍경을 자아냈기 때문이었다. 서른 명쯤이었던 무리는 곡이 끝날 즈음 쉰 명 가까이 불어났다.

우솔이 옆에 있는 남자도 벌떡 일어나 두 사람에게 양해를 구하고 통로 쪽으로 나가더니 계단을 뛰어 내려갔다. 그 모습을 보며 얼떨결에 자리에서 일어난 성지는 막상 무리 안으로 들어가면 같이 어울릴 수 있을지 자신이 없어서 "어떡하실래요?" 하고 우솔에게 물었다. 그는 망설임이 역력한 얼굴이었다. "개가 워낙 소심해서 친구도 별로 없어." 하며 은근히 깎아내리던 정묵의 말이 떠올랐다. 성지는 그냥 여기서 마음 편히 보자고 말했고, 우솔은 그제야 마음이 놓인 듯한 얼굴로 고개를 끄덕였다. 나도 별로 대범한 사람은 못 되니까 괜찮아요. 성지는 나중에라도 그 말을 전해 줘야겠다고 생각하며 스크린을 향해 소리 높여 환호성을 보냈다.

엔딩 크레디트가 올라가는 시점에도 극장 내부의 열기는 좀처럼 식지 않았다. 마지막 한순간까지 즐기겠다는 듯이 사람들은 「The Show Must Go On」을 목청껏 따라 불렀다.

이윽고 극장이 밝아졌을 때 성지는 관객 중 몇몇이 코스프레를 하고 있다는 사실을 알게 됐다. 단연 눈에 띄는 사람은 물론 프레디 머큐리였다. 청바지 위에 새하얀 민소매 티셔츠와 콧수염을 장착한 사람이 한 명, 거기에 미러 선글라스를 쓴 사람도 한 명 보였다. 맨 앞 좌석 쪽에는 프레디 머큐리에게 "당신에게는 친구가 필요해 보이네요." 하고 다가오던 마지막 연인 짐 허튼의 모습을 연출한 남자도 보였다. 풍채 좋은 몸에 턱시도와 나비넥타이까지 갖춰 입은 그는 만면에 온화한 미소를 띠고 두 팔을 벌린 채 큰 목소리로 말했다.

"프리 허그로 친구가 되어 드릴게요! 저한테 오세요!"

그러자 한 손에 형광봉을 든, 185센티미터는 돼 보이는 남자가 뛰어가더니 상체를 비스듬히 숙여서 살포시 그의 품에 안겼다. 다음은 선글라스를 쓴 프레디 머큐리의 차례였다. 성지는 묘한 기분에 이끌려 극장 밖으로 나가려던 발걸음을 돌려 프리 허그를 기다리는 줄 쪽으로 향했다. 그 순간, 짐 허튼으로 분장한 남자가 성지보다 한발 앞서 그의 곁으로 다가온 여성에게 한 눈을 찡긋하며 말했다.

"아이, 남자분만 오셔야죠, 아시면서."

그러자 성지 앞에 있던 여자가 웃음을 터뜨렸고, 성지도 따라 웃었다.

"특별한 친구가 되어 드립니다, 그러니까! 남자분만 오세요!" 하고 다시 외치며 눈을 찡긋거리는 짐 허튼을 등지고 성지는 빠른 걸음으로 우솔 곁으로 돌아왔다. 우솔 역시 키득거리고 있었다.

"세상에, 너무 민망하네요." 성지가 어서 나가자는 듯 우솔의 등을 밀었다.

"절 그렇게 가차 없이 버리고 가시더니." 여전히 웃음이 섞여 있는 음성으로 우솔이 가볍게 책망했다.

"친구가 돼 준다니까 홀린 듯이 갔어요. 요새 친구가 자꾸 사라져서 외로웠나 봐요."

성지의 말에 우솔이 검지로 자신을 가리키더니 어색한 미소를 지었다. 그 외로움을 자기가 해결해 주겠다는 느끼한 대사는 도저히 입 밖으로 나오지 않는지 그는 "음, 무슨 얘긴지 아시죠?"라고만 말하며 성지를 바라보았다.

성지는 고개를 끄덕였다. 그 눈빛을 보면 누구라도 모를 수가 없을 것이다. 연애가 막 시작될 즈음에 볼 수 있는, 특수한 발광체를 삼킨 듯한 눈빛. 그렇게 빛나던 눈빛이 뿜어내는 열기가 한순간 사그라지기도 한다는 사실은 경험을 통해 혹독히 배웠다. 그러나 성지는 그 점이 두려워서 연애를 피할 생각은 없었다. 실은 반대였다. 그런 눈빛을 주고받을 수만 있다면 로맨스는 아무리 나이가 들어도 가능한 게 아닐까 싶었다.

우솔의 팔짱을 끼면서 성지는 로맨스가 피어나는 것보다 더 어려운 것은 성인이 되고 자기 세계가 확고해진 후에 친구를 만드는 일 같다고 생각했다. 연애 감정이나 인맥상 필요와 무관한 사심 없는 관계를 형성하고 유지하는 일이 몇 배는 더 막막하게 느껴졌다. 문득 성지는 우솔이 그 점에 대해 어떻게 생각하는지 묻고 싶었지만, 팔짱을 낀 어색함 때문인지 그는 정면만을 똑바로 응시한 채 걷고 있었다.

늦은 저녁 식사를 위해 문래동 쪽으로 넘어와서 파스타집에 들어온 후에 성지는 우솔의 교우 관계에 관해 물었다. 우솔은 애매한 표정으로 물부터 한 모금 마시더니 사실 자기는 이제 개인적으로 만남을 이어 가고 싶은 동성 친구가 거의 남지 않았다고 했다.

"미혼보다 기혼이 더 많아져서 그런지 모르겠지만

여럿이 모일 때마다 너는 결혼하지 말아라, 집에 들어 가기 싫다, 그런 얘기만 해서요. 기왕 결혼한 거 서로 더 잘하고 더 좋은 사람이 돼야지 않겠냐고 하면, 이 새끼가 이렇게 뭘 모르네, 그러는데. 아, 욕해서 죄송 해요. 아무튼, 너도 결혼해 봐라. 그러면 우리가 어쩔 수 없이 이러고 산다는 걸 똑똑히 알게 될 거다 하는 데, 그런 거 별로 알고 싶지도 않고요."

"어쩔 수 없다는 건 핑계 같네요. 그런데 우솔 씨는 부엌 출입 일절 안 하고 귀하게 자라셨다고 했으니까 가사 분담 때문에 피 튀기는 신혼을 보낼지도 몰라서 그러는 거 아닐까요?"

성지가 내심 장난스럽게 물었을 때 우솔은 당황하 는 기색이 역력했다. 그는 정정할 게 있다고 했다. 설 거지 한 번 안 하고 귀하게 자랐다기보다는 컵라면 하 나도 마음대로 끓여 먹지 못하고 자랐다는 게 더 사 실에 가깝다는 얘기였다. 성지는 둘의 차이를 단박에 알아챌 수 없었다.

"저희 어머니가 어릴 때 수재 소리 듣던 분이셨대 요. 그 시대에 대학원 진학까지 하시기도 했고요. 연 구자로 쭉 남고 싶으셨는데 동생이 어릴 때 잔병치레 를 하도 많이 해서 더 못 버티고 그만두셨던 모양이에요."

평생 업으로 삼고자 했던 연구를 포기하고 전업주
부가 된 상실감에서인지 우솔의 어머니는 집 안의 모
든 영역을 자기 기준에서 완벽한 형태로 통제하고자
했다. 주방을 예로 들면 냉동식품이나 인공 조미료
따위는 아예 들여놓지 않는 식이었고, 우솔이 어쩌다
먹는 라면이나 포장 음식도 용납하지 않았다는 것이
었다.

"그런 사연이 있는 줄도 모르고 제가 오해했네요."
허탈해하는 성지 앞으로 주문한 음식이 나왔다. "많
이 드세요. 자취 시작하고 나서는 컵라면으로 연명하
셨을 텐데."

"네. 성지 씨도 많이 드세요." 우솔이 포크를 건넸
다. "컵라면만 먹고는 못 살죠. 자취하니까 내가 먹고
싶은 걸 해 먹는 재미가 있더라고요. 아직은 레시피
에 나온 그대로밖에 못 하긴 합니다만."

"전 레시피대로 해도 맛이 달라서 포기했어요. 우
솔 씨는 주로 뭐 해 드시는데요?"

"회사 나오고 시간 여유 생기고부터는 쌀 들어간
것 중에 좀 이국적인 음식에 취미를 붙였어요. 리소
토도 많이 해 먹고, 가끔 손님 초대하면 파에야를 해

보기도 하고요."

"파에야요?" 성지는 사레가 들릴 뻔했다. "그게 집에서 만들 수 있는 거였어요?"

"전용 팬이랑, 샤프란까지 재료 다 들어 있는 키트랑, 인내심만 있으면요."

우솔은 휴대폰에 저장해 둔 해산물 파에야 사진을 보여 주었다. 성지는 과장된 칭찬이 아니라 진심으로 지금 눈앞에 있는 파스타와 리소토보다 그가 만든 요리가 더 맛있어 보인다고 전했다.

"그럼 제가 한번 해 드릴게요." 머뭇머뭇거리며 우솔이 말하자 성지는 "그럼 저는 인내심을 준비해 갈게요." 하고 너스레를 떨었다.

식사를 하면서 서로 좋아하는 음식과 꺼리는 음식, 추억의 음식까지 먹을 것에 대해 이야기를 나눈 뒤 화제가 떨어지자, 우솔은 마침 이럴 때를 위해 준비해 두었다는 듯 얼마 전에 출근길 지하철역에서 심정지로 쓰러진 여자의 뉴스를 보았느냐고 물었다.

"그럼요. 우리 또래잖아요. 심폐 소생술이 바로 들어가서 살았다면서요."

"저도 이번에 안 건데 조금 전에 영화에도 나온 「Another One Bites the Dust」 있잖아요."

"드럼이 쿵, 쿵, 쿵 하면서 시작하던 노래요?"

"네. 그 곡의 쿵, 쿵, 쿵 하는 비트가 심폐 소생술 하면서 흡, 흡, 흡 하고 누르는 템포랑 딱 맞대요. 그래서 심폐 소생술 교육 캠페인 영상에 쓰일 뻔했는데 정작 가사는 총 맞은 사람이 쓰러지는 내용이라서 못 썼다고 하더라고요."

"개사해서라도 쓰지. 한 명이라도 더 아는 게 중요하잖아요." 성지가 안타까워했다. "주변에서 그런 일이 일어나지 말란 법 없는데 심폐 소생술 배워 볼까 봐요."

우솔은 좋은 생각이라고 대꾸했다. 자기도 항상 배워 두고 싶었는데 여태 기회가 없었다는 것이었다. 성지는 함께 심폐 소생술을 배우러 간다면 그것처럼 빤하지 않은 데이트 코스는 없겠다 싶어서 빙긋 웃고 "그러고 보니까 전에 친구가 그걸 배울 수 있는 데가 있다고 해서 메모해 뒀었는데……." 하며 가방 속에서 휴대폰을 찾다가 난감한 표정을 지었다.

"휴대폰이 없어요?" 우솔이 물었다.

고개를 끄덕인 성지는 코트 안팎의 주머니와 가방 안을 샅샅이 뒤지면서 기억을 더듬었다. 영화관에서 상영이 끝나고 휴대폰을 켠 것까지는 또렷했다. 그런

데 그 후에 휴대폰을 확인한 기억이 없었다.

결국 두 사람은 왔던 길을 역행해서 극장에 되돌아왔다. 다행히 성지의 휴대폰은 매표소 직원이 맡아 두고 있었다.

"휴대폰 잃어버리면 골치 아프잖아요. 요새 전부 다 그 안에 들어있는데 다행입니다, 정말."

우솔이 거듭 다행이라고 강조했다. 두 사람은 심야 상영만을 남겨 둔 한적한 극장 안 벤치에서 사이다 한 잔을 나눠 마시며 갈증을 달랬다. 잠시 뒤에 빈 잔을 버리러 일어선 우솔은 쓰레기통 쪽 옆에 놓인 영화 팸플릿을 모아 둔 거치대 앞에 멈춰 섰다. 성지는 그의 시선이 향하고 있는 팸플릿을 집어 들었다. '시간을 거슬러 만나고 싶은 사람이 있나요?'라는 문구 아래로 커다란 괘종시계를 등지고 앉아 있는 배우의 모습이 반가웠다.

"복귀까지 몇 년이나 걸렸네요."

성지의 말에 우솔이 고개를 끄덕였다. 몇 해 전 한 동안 포털 화면 메인에서 그녀의 이름을 발견할 때마다 성지는 만약 자신이 그런 처지에 처한다면 어떤 기분이 들까 생각해 보았다. 배우 커플이라고는 하지만 남편 쪽이 커리어도 이미지도 처지는 상황에서 팬들의 아쉬움을 딛고 한 결혼이 결국 남편이 일으킨 추문으로 끝장난다면. 게다가 유명세 때문에 덩달아 사람들의 입방아에 오르내리며 자신의 커리어마저 중단될 상황이 온다면. 한편으로는 만사에 신물이 나서 영영 사라져 버리고 싶은 마음도 이해했지만 그 과정을 지켜보는 것만으로 덩달아 억울한 기분이 들기도 했다.

팸플릿 속 그녀의 얼굴은 이전과 달리 중년에 접어드는 태가 났다. 그동안 마음고생이 얼마나 심했길래, 하고 딱하게 여긴 후에 성지는 헛웃음을 지었다. 40대인 사람이 40대로 보이는 일을 안타까워할 필요가 어디에 있나 싶어졌던 것이다.

"당연한 일인데 말이에요."

우솔은 성지의 말에 고개를 갸웃했다가 복귀 사실에 관한 말이라고 짐작했는지 맞는 말이라고 대꾸했다.

"영화 보시면 이 배우가 이렇게 화려한 액션 연기가 되는 사람이었나 하고 놀라실지도 몰라요."

"어떻게 아세요? 아직 개봉 전이잖아요." 성지는 짝 소리 나게 손뼉을 쳤다. "우솔 씨! 혹시 이 영화

CG에 직접 참여하신 거예요?"

"밥상 차릴 때 제가 숟가락 하나 정도는 놓은 것 같네요. 스포는 안 할게요." 우솔이 이마를 긁적이며 미소 지었다. "아직 개봉이 좀 남았으니까 저랑 같이 심폐 소생술부터 배우고 이 영화 보러 오시죠. 전 친구도 별로 없고 한가해서 바로 다음 주도 콜입니다."

우솔이 힘차게 말했다. 사람 참 계산할 줄을 모르고 솔직하네. 성지는 그 점이 무척 마음에 들었고, 진정으로 마음에 드는 사람이 나타났을 때 으레 그러했듯이 빛의 속도로 망상이 뻗어 나갔다. 변함없이 솔직한 우솔의 말, 점점 더 발전하는 요리 실력, 오랜 시간이 지난 후에도 점멸한 듯 꺼져 버린 게 아니라 따스한 시선을 보이며 지을 미소까지 성지는 손에 잡힐 듯 구체적으로 상상할 수 있었다.

제발 부탁인데 제멋대로 구는 선배한테 끌려다니면서 말만 미래를 함께할 사람을 원한다고 하지 말고 5년 뒤, 10년 뒤에도 함께할 삶이 그려지는 남자를 사귀라던 게 누구였더라. 아, 하고 성지는 일 초도 지나지 않아 기억해 냈다. 자기에게 줄기차게 그런 입바른 소리를 해 줄 법한 사람이라면 누군지 뻔했으니까.

"네, 저도 가고 싶어요. 정말 배우고 싶은데 다음

주 말고 조만간 꼭 가요. 빈말이 아니라 제가 진짜로 연락드릴게요."

성지가 말했다. 거절의 의사를 돌려 말한 것이 아니었고, 적당히 미는 척하며 당겨 보려는 계산으로 한 말도 아니었다.

"하긴 갑자기 다음 주에 심폐 소생술을 배우자니 제가 너무 조급했죠."

우솔이 한발 물러나자 성지가 부드럽게 고개를 저으며 손에 쥔 영화 포스터를 들어 보였다.

"시간을 거슬러서 만나고 싶은 사람, 이거 보니까 생각나는 사람이 있어서요. 우선 그 사람부터 좀 만나고 올게요."

"저기 그게 누군지 혹시 제가 물어봐도……."

캐묻는 것처럼 들릴까 봐 염려한 우솔이 머뭇거렸다. 긴장할 필요 없다는 듯 미소 지으며 성지는 말했다.

"친구요. 한동안 걔 잔소리를 못 들었더니 근질근질하네요. 올해가 다 가기 전에, 오랜만에 그 친구를 좀 보러 가야겠어요."

공범의 반대말

"그런데 두 분은 어떤 관계세요?"

혜정과 경진이 묵고 있는 게스트 하우스의 주인은 쌍둥이 자매였다. 타로점을 봐 주겠다는 말을 꺼낸 쪽은 동생이었고, 카드를 챙겨 오더니 불쑥 둘의 관계를 물은 쪽은 언니였다.

쉰을 목전에 둔 혜정은 30대 후반의 경진과 함께 여행을 다니며 종종 그런 질문을 받아 왔다. 또래로 도, 모녀나 자매로도 보이지 않는 두 사람. 게다가 경진이 혜정을 선배도 언니도 아닌 혜정 씨라고 부르는 모습이 눈길을 끄는 모양이었다.

월요일 밤의 게스트 하우스 공용 공간에는 네 사

람뿐이었다. 둥그런 무드 등이 발산하는 엷은 오렌지
빛으로 감싸인 실내의 한쪽 벽에는 빔프로젝터 영상
으로 모닥불이 타오르는 모습이 흐르고 있었다.

"궁금하세요?"

지금껏 관계를 묻는 질문에는 딱히 답해 줄 필요
를 느끼지 못해 미소로 얼버무려 왔던 혜정의 입에서
그런 말이 나온 것은 마주 앉은 두 사람의 특성 때문
이었다. 부드러운 아치형을 그리며 처진 눈매에 옅은
눈썹하며 양 볼 위에 번져 있는 주근깨의 형태마저
닮은 두 사람을 대면하자마자 쌍둥이 자매임을 알아
챌 수밖에 없었으므로. 그런 그들이라면 상대에게 두
사람은 어떤 관계냐고 물어볼 법한 다소의 자격이 있
지 않은가 싶기도 했던 것이다.

"첫 만남부터 말하자면, 사실 공범이라는…"

"공범이요?"

깜짝 놀라며 입을 모아 되묻는 자매를 향해 경진이
손사래를 쳤다. 혜정도 웃음을 터뜨리며 "공범이라는
게 아니라, 그 반대로 알게 됐어요. 그런 경우를 부르
는 말이 있는지는 모르겠지만요." 하고 입을 열었다.

경진과 처음 대화를 나누었던 날, 혜정은 오전 내

내 가벼운 두통을 앓았다. 그로 인해 과제 해내듯 동작을 수행하는 것보다 현재 자신의 몸 상태와 움직임을 알아채고 바르게 호흡하는 게 더 중요하다고 강조하는 요가 교실 선생님의 말이 새삼 마음에 와닿았다. 수업을 마칠 즈음에는 두통이 한결 나아졌으나 완전히 가시지는 않았다. 요가로 마음을 차분하게 한들 애초에 골치를 썩일 요소가 사라진 게 아니니 당연하다고 여기며 혜정은 구립 체육 센터를 나서려던 발걸음을 돌려 그곳 1층에 자리한 카페로 향했다.

운동을 마치고 평일 오전의 카페 안을 채우고 있는 사람들에게는 하나같이 화사한 활기가 뿜어져 나오는 듯했다. 별안간 혜정은 이 중에 부모의 지병이나 주기적으로 사고를 치는 막냇동생 때문에 속이 썩는 사람이 자신뿐인 모양이라는 씁쓸한 기분에 휩싸였다가 이내 걱정 없이 사는 사람이 어디 있겠냐는 쪽으로 마음을 고쳐먹었다. 양미간을 잔뜩 찌푸린 채 카페 안에 있는 사람 누구에게나 들릴 법한 목소리로 통화하고 있는 옆 테이블의 어르신만 해도 그렇지 않은가 하면서. 돌아가서 당장 오늘 해결해야 할 일부터 해치우자고 마음먹고 찻잔을 비웠다. 그때, 통화 중인 노인의 입에서 나온 말이 혜정의 발길을 잡아 세웠다.

"아니, 제가 못 믿는 게 아니라 경찰청에서 직접 연락을 받는 건 머리털 나고 처음이라 지금 정신이 없어져서……"

후들거리는 손으로 물잔을 쥐는 노인의 입에서 은행 계좌가 언급되었을 때 강한 의혹은 확신이 되었다. 눈앞에서 피싱 범죄가 일어나고 있었다. 머릿속이 뒤죽박죽이라 어떻게 말려야 할지 막막했다. 하지만 일단은 말을 걸어 봐야겠다고 마음먹고 다가섰을 때 노인이 혜정에게 여기에서 제일 가까운 은행이 어디냐고 물어 왔다.

"못 알려 드려요. 어르신, 그거 피싱 전화예요!"

"피싱이 뭔데?"

노인은 피싱 범죄에 관해 설명하는 혜정의 말을 듣지 않고 급하니 은행 위치만 알려 달라며 재촉했다. 바로 그때 노인의 앞자리에 와서 눈을 맞추며 앉더니 "어르신, 경찰청에서는 절대로 전화로 은행 계좌를 묻지 않아요. 일단 그 전화는 끊으세요." 하며 단호하게 막아선 사람이 경진이었다.

카페 주인도 합세하여 노인이 무사히 피싱 범죄에서 벗어나게 된 후에 혜정과 경진은 차 한 잔을 더 마셨다. 상황이 문제없이 마무리되었건만 한발 뒤늦게 심장이 쿵쾅거린다고 했더니 자기도 그렇다며 경진이 웃었다.

"그래요? 어르신 눈 딱 보면서 얘기를 잘하셔서 이분은 전에도 이런 경험이 있는 건 아닌가 싶었는데."

"피싱을 막아 본 적은 없고요." 손사래를 친 경진이 잠시 말을 골랐다. "뭐라고 해야 하나…… 설명하자면 긴데 간단히 말하면 전에 한 며칠 뭐에 썰 것처럼 사람들이 자꾸 저한테 와서 말을 건 적이 있었거든요."

"어떤 사람들이요?"

"그냥 마주치는 사람들마다요."

"어머나, 별일이네."

"그러게요. 살다 보니까 별일이 다 있더라고요. 그러고 나니까 그 전보다는 처음 보는 사람이랑 말을 트는 게 수월해졌어요. 아무튼 다음 주면 이사 가서 여기에 운동하러 오는 것도 오늘이 마지막 날인데 이런 일이 다 있네요."

경진이 이사 가기로 예정된 동네를 들은 혜정은 곧장 보이차를 떠올렸다. 동창의 추천을 듣고 점찍어 둔 보이차 전문 티룸이 그곳에 있기 때문이었다. 한 번쯤가 보고 싶다고 여긴 지 못해도 2년은 지난 것 같았으므로 혜정은 이래서야 내가 사는 게 우리 어머니랑 뭐가 다른가 하는 새삼스러운 회한에 쓴웃음을 지었다. 물론 자영업자이자 워킹맘으로 동분서주하는 자기 삶이 팍팍하다 한들 7남매 중 첫째와 결혼한 탓에 당신이 낳은 세 남매뿐 아니라 시동생들까지 건사하며 교사로 정년을 채웠던 어머니의 고단한 삶에 어찌 감히 비할 수 있으랴 싶지만.

모두에게 항상 엄격했던 어머니. 특히 장녀가 다른 아이들의 본보기가 되기를 바랐던 어머니가 혜정을 대하는 어투와 시선에는 타협점 없는 완고함에서 기인한 냉기가 서려 있었다. 그 때문에 유년 시절에 절절한 모성애를 다루는 영화나 드라마를 보고 나면 혜정은 묘한 박탈감을 느끼며 서글퍼지곤 했다. 그런 감정을 남에게 털어놓은 적은 한 번도 없었다. 자신이 어머니를 제대로 만족시킬 법한 딸이었다면 어머니의 모습도 달랐을 거라 여겼고, 할 수만 있다면 자신도 그런 딸이 되고 싶었으므로.

지금은 고등학생이 된 첫째를 가졌을 때, 혜정은 가족계획을 세우고 준비한 임신이었음에도 한동안 혼란스러웠다. 배 속의 아이가 딸이라는 사실을 알게 되었을 때는 우선 딸에게 결코 장녀가 진 짐과 서러움을 물려주지 않겠다는 다짐부터 했으며, 큰딸이 엄마를 든든하면서도 관대한 보호막으로 느끼도록 나름의 최선을 다했다. 하지만 받아 본 적 없는 것을 돌려주는 일이란 쉽지 않아서 잘 해내고 있는지 확신할 도리가 없었다. 실은 중년에 접어들도록 어떤 일이든 스스로 만족할 만큼 해냈다고 느껴 본 경험이 원체 없기도 했다. 자연히 마음에 여유가 날 리가 없어서 한 달 전부터 예약해야 한다는 티룸에 가 보는 일은 엄두도 내지 못한 채, 고작 한 주에 두 번 요가 수업을 듣는 일을 일상 속 최대치의 사치로 알고 지내 왔던 것이다.

구립 체육 센터 내부의 카페에서 마시는 재스민차는 향이 흐릿했다. 혜정의 입에서는 불쑥 보이차를 좋아하느냐는 질문이 나왔는데, 그때만 해도 열흘 후에 경진과 예의 티룸에서 다시 만나게 될 줄은 예상치 못했다. 적갈색 차를 우리고 들이켜는 일을 반복하면서 두 사람이 서로를 이름 그대로 '혜정 씨'와 '경진 씨'로 부르자고 합의할 줄도 몰랐다.

불쑥 제안을 한 쪽은 혜정이었다. 경진은 과외 교사로 일하며 선생님이라는 호칭에 익숙해진 동시에 질려 버리기도 해서 이름이 더 편할 것도 같다고 대꾸했다. 경진이 언니라고 부르면 새삼스레 골칫덩이 막냇동생을 떠올리게 될 듯하여 평소에는 마냥 다정하게만 여기던 언니라는 호칭이 저어된 것이지만 혜정은 그 사연을 굳이 전하지는 않았다.

합의를 한 후에도 처음에는 어색함을 숨기지 못해 쭈뼛거리며 혜정의 이름을 부르던 경진은 계절이 바뀔 즈음에는 이제 완벽히 적응했다고 강조하더니 "혜정 씨, 혹시 다음 주에 전주 안 가실래요?" 하고 물어왔다. 과외 교사를 하여 평일에 쉬는 터라 같이 여행 갈 메이트를 구하는 게 쉽지 않다면서.

"내가 우리 애들 두고 그런 호사를 부려도 되나 싶었는데 처음이 어렵지 당일치기 한 번 하니까 너무 좋아. 얼마나 기다려지는지 몰라요. 수원 화성도 보고 오고, 동인천 가서 민어도 먹고 오고 그랬어요. 주로 경진 씨가 알아봤으니까 이번에는 내가 알아봤는데, 여기 이 공용 공간 느낌이 좋아서 내친김에 처음으로 1박 2일 여행을 온 거예요."

"한가할 때는 사장님이 타로 카드를 봐 줄지도 모른다는 말을 보고 더 끌렸대요." 경진이 거들었다. "우리는 월요일에 올 수 있으니까요."

"그럼 월요일에 쉬는 분들의 특권을 한번 누려 보실까요. 누가 먼저 보실래요?"

"저는 카페인 없는 걸로 차를 좀 만들어 올게요." 경진이 눈짓했다. "혜정 씨 먼저 보세요."

게스트 하우스 주인이 상자에서 타로 카드를 뽑아 섞으면서 무엇이 궁금한지 물었다. 지난가을에 일주일간 병원 신세를 진 어머니의 건강을 비롯하여 궁금한 것은 차고 넘쳤으므로 혜정은 묻고 싶은 게 너무 많아 탈이라며 멋쩍게 웃었다.

"다른 사람 일은 나중으로 제쳐 두고 우선은 카드를 뽑는 본인에 관련된 거로 하세요. 그런 걱정 잠깐이라도 잊고 살려고 여행 오는 거니까요."

그 말에는 저항 없이 고개를 끄덕이게 되었다. 고민을 떠올리는데 상쾌한 기분마저 드는 게 별일이다 싶어 빙긋 웃으며 혜정은 반구형으로 펼쳐진 총천연 빛깔의 카드 쪽으로 오른손을 뻗었다.

"무슨 일 하세요?

첫 책이 나오기 전까지 이런 질문을 받으면 나는 대체로 이렇게 답했다.

"음, 저는 그냥 한량 같은 사람이에요."

초면인 상대에게 내도록 이루지 못한 꿈에 관해 설명하기는 겸연쩍었기 때문이다. 호구지책이라고 여기며 하는 일을 언급하는 것도 내키지 않기는 마찬가지였다. 때로 출퇴근을 하는 시기도 있었지만 가능한 한 일하는 기간과 시간을 최소화하며 지냈으므로 마냥 관계가 없는 말이 아니기도 했다.

소설을 쓰는 것 외에 하고 싶은 일을 가진 적 없는 10대를 거쳐 대학에서 당연하게 문예 창작을 전공한 후에도 30대 중반이 넘어 첫 책이 나왔으니 한량을 운운하며 기다린 시간이 참으로 길었다. 문득 과거의 자신을 돌이켜보면 아이고, 저렇게 요령이 없어서야…… 싶어 놀려 주고 싶은 마음이 들기도 한다. 하지만 먼 훗날 이즈음의 자신을 되돌아보면 마찬가지로 딱하다는 말을 하며 이마를 짚을지도 모를 일이다. 그러니 아무래도 놀림은 신중히!

2018년에 첫 책이 나오고 소설가라고 불리게 된 이후 한동안 인터뷰나 북토크 자리에서 가장 많이 받은 질문은 주량에 관한 것이었다. 『애주가의 결심』이라는 제목의 장편소설로 세상에 나왔으니 당연한 일이건만, 애석하게도 고무줄 주량인 터라 상대의 입이 떡 벌어지도록 호쾌한 대답은 건넬 수 없었다. 양 말고 취향을 말하자면 발효주건 증류주건 과일보다는 곡식으로 빚은 게 더 좋다는 정도의 대답. 분위기는 미지근해졌다. 다행인 것은 다음으로 많이 듣는 질문에는 좀 더 길게 할 말이 있다는 점이었다. 게다가 대답이 서로 긴밀하게 연결돼 있기도 했다.

"루틴이 어떻게 되세요?"
"등단하기까지 어떻게 버티셨어요?"

"책을 왜 이렇게 많이 내세요?"

겨우겨우 버티며 기다려 온 시기의 후반부에 글 쓰는 루틴이 어느 정도 잡힌 덕에 일 년에 한 권의 단행본을 묶을 정도의 원고는 자연히 모였다. 때마침 흥미로운 작은 책 기획들이 풍성해진 참이어서 한 해에 한 권 이상 발간하는 경우도 생겼다. 그러다 보니 어느새 세상에 내놓은 단행본이 열 권이 된 것이다. 어떤가요. 제법 심플하지요.

그리하여 정규 1집(이 표현이 마음에 들어서 이 책에 담긴 소설을 보관해 둔 폴더명도 '정규 1집'이었다.)이 열한 번째 책이 되며 통상 소설가의 첫 책이 정규 1집인 일반적 흐름과 상당한 불균형을 이루게 되었다. 몇 번째로 몇 년도에 발매되는 책인가 하는 사정은 현실적인 차원에서 마냥 무시할 수 없는 가치를 가진다. 그러나 소설 속 인물들에게는 어깨를 한 번 으쓱거린 후 통과할 정도의 얇은 벽에 불과하다.

이 책에 실린 첫 번째 소설 「토텐, 토텐」의 소하는 『오프닝 건너뛰기』(이 책에는 단편 세 편이 실렸으니 싱글 2집이라고 불러야 할지도)의 「쾌적한 한 잔」에서 건너왔다. 『모두 너와 이야기하고 싶어 해』의 경진은 「공범의 반대말」로 건너왔다.

등장하는 소설마다 다른 세계를 맛보며 살아가는 성지와 은하와 민주, 세 사람은 이 책에서도 가장 빈번히 등장한 인물들로「모닝 루틴」에서는 함께 명절을 나기도 했다. 반면에 좀비가 출몰하면서 뜻밖에 명절 같은 한때를 보내는「501호의 좀비」에는 성지만 등장해 영화감독으로 데뷔했다. 대부분의 세계에서 주로 배우의 삶을 택하거나 꿈꾸는 성지로서는 새로운 시도였다. 파이팅을 외쳐 본다.

이야기를 가로지르는 인물과 매번 새로운 세계를 누비는 인물들을 앞으로도 오래도록 만나서 들여다보고 싶다. 책장을 펼치는 누군가가 거듭 등장하는 그들을 어느새 친구처럼 느끼는 순간도 그려 본다. 한동안 소원했다가도 다시 다정하게 안부를 묻고, 신통한 토템을 발견하면 서로의 손에 슬며시 쥐여 줄 수 있기를. 아주 오래전부터 먼 훗날까지 변치 않는 나의 꿈은 바로 그것이었다.

2024년 여름
은모든

다인분의 삶

김보경(문학평론가)

『꿈과 토템』을 읽다 보면 은하, 민주, 성지, 소하 등 그간 은모든 소설에 나왔던 인물들이 반복해서 등장한다는 것을 알 수 있다. 은모든에 따르면 이러한 작품 세계는 '평행 우주'라는 개념으로 설명되는데, 이는 우에노 지즈코와 미나시타 기류의 대담 중 미나시타의 다음과 같은 말에서 착안한 것이다. "평행 우주가 100개 있다면 저는 그중 80개 세계에서는 결혼하지 않고, 99개 세계에서는 아이를 낳지 않았을 겁니다." 은모든은 이 문장을 읽고 그의 "다른 아흔아홉 가지 우주를 만들어" 주어야겠다고 생각하고, 이는 은모든이 인물들의 삶을 조금씩 다르게 변주하여 각기 다른 소설에서 평행적으로 펼쳐내는 시도로 이어진다.* 여기서 '평행적'이라는 단어의 의미는 '연속적'이라는 의미가 아니다. 일반적으로 연작 소설이라 불

---

* 은모든, 「칭투를 선물을 드립니다」, 《문학동네》 2021년 여름호, 78쪽.

리는 형식의 소설이 개별 작품들 내 인물이나 시공간의 동일성과 연속성을 전제한다면, 은모든의 소설에서 각 인물의 동일성은 비교적 유지되는 데 반해 시공간적 연속성은 없기 때문이다. '평행 우주'로 빗대어진 각기 다른 시공간 속에서 인물들의 이야기를 서사화하는 기획 이면에는 그 무한한 세계 중 어느 하나도 인물들이 속하는 (속해야 하는) 유일한 세계라는 원본성이 부여되지 않는다는 점에서 모종의 평등주의가 자리하고 있다.

우리가 소설을 읽는 이유 중 하나가 소설 속 인물의 삶에 이입하며 이를 간접적으로 살아 봄으로써 현실의 '나'로부터 벗어나 다른 '나'가 되기 위함이라면, 은모든의 경우 특이하게도 작가가 소설 속 인물들에게 다른 삶을 살아갈 기회를 부여함으로써 독자들이 소설 읽기를 통해 얻는 경험을 소설 속 인물이 겪게끔 한다. 소설 속 인물들은 이름, 성격, 인간 관계상의 느슨한 동일성을 지닌 채 각기 다른 세계에서 다른 직장을 갖고, 다른 섹슈얼리티를 가진 채 연애를 시작하거나 이별하기도 한다. 은모든 소설의 평등주의는 인물들이 살아갈 수 있는 삶의 모든 가능성을 펼쳐내며, 특정한 삶의 규범성과 원본성을 지지하는

'이러이러하게 살아야 한다'라는 당위나 '이것만이 유일한 현실이다'라는 사실 판단에 저항하는 방식으로 작동한다. 우리가 은모든 소설을 읽을 때 느끼는 즐거움의 원천은 그 모든 가능한 삶을 최대치로 긍정하고자 하는 태도에서 비롯한다.

'그 모든 가능한 삶'이라니? 이는 어떤 거창한 삶, 현실에선 달성하기 어려운 환상이나 꿈 혹은 성공의 목표가 이뤄진 삶을 가리키는 말이 아니다. 어떠한 삶도 가능하다는 말은 보통 '노력만 하면 무엇이든 이룰 수 있고 무엇이든 될 수 있다'라는 식의 자기계발적인 구호와 짝을 이룬다. 하지만 '희망 고문' 같은 말이 유행을 넘어 일상적인 말로 자리 잡은 시대에 사람들은 이러한 말이 얼마나 허황된 것인지 알고 있으며, 알면서도 이를 놓지 못하고 자기 착취와 소모, 우울증의 굴레 속에서 살아간다. 로런 벌랜트라면 '잔인한 낙관'이라고 불렀을 이러한 류의 희망 고문은 아이러니하게도 우리가 관습적으로 희망하는 바로 그 삶에 도달할 수 없음, 성취 불가능함을 통해 유지된다.* 그러니 은모든의 소설이 '그 모든 가능한 삶'을 긍정한다고 할 때, 이는 이러한 의미의 희망이

---

* 로런 벌랜트, 박미선·윤조원 옮김, 『잔인한 낙관』(후마니타스, 2024), 9쪽.

나 낙관과는 구별되어야 할 것이다.

은모든은 한국 사회에 표준화된 '희망할 만한 삶'의 형태가 실현된 현실을 그리지 않으며, 오히려 그러한 '희망할 만한 삶'이라고 일컬어지는 것이 얼마나 개인을 억압하고 소진시키고 절망하게 만드는지 포착한다. 우리 사회는 개인의 능력과 노력만 있다면 성공할 수 있고 행복한 삶을 살 수 있다고 공공연히 약속하지만, 사실 대부분이 남들보다 뒤처진다는 불안에 항시 시달리며 잠깐의 휴식조차 온전히 누리지 못한다. 은모든의 소설은 한국 사회의 고질적인 신자유주의적 경쟁주의, 중산층 신화와 정상가족 이데올로기에 의해 공언된 희망들을 의심하고 그 이면을 그려낸다. 이처럼 잔인한 희망의 이면을 보는 시선은 이것만이 우리의 유일한 삶이라는 생각에서 벗어나게끔 만들며, 바로 여기에서 '다른 현실'에 대한 가능성이 발생한다. 그의 소설-우주 속 인물들은 어디에서나 정말 그러한 모습으로 살아가고 있을 법한 현실적인 모습으로 그려지며 각각의 세계는 어느 것 하나 더 현실에 가깝다거나 환상에 가깝다고 말할 수 없이 제각기 평등한 위상을 점하지만, 그렇다고 해서 그의 소설-우주가 평범한 일상의 나열로 보이지는 않는 것은 이 때문이다. 그의 소설-우주에는 현실을 초과하는

245

어떤 가능성이 잠재되어 있기 때문이다.

우선 그의 소설 속 인물들은 희망이라는 이름으로 우리를 옥죄여 온 것에서부터 벗어나기를 시도한다. 소설 「꿈은, 미니멀리즘」은 미니멀 라이프를 추구하며 '희망' 비워 내기를 연습하는 직장인 소명의 이야기를 다룬다. 소명은 첫 직장에서 직장 동료가 자신을 이름이나 직책이 아닌 '저기요'라는 말로 부르는 것에 충격을 받은 이후 강박적으로 일에 매달리며 살았다. 미라클 모닝을 실천하고 식단 관리를 하고 퇴근 후에도 자기 계발에 몰두하는 한편 이로 인한 스트레스는 쇼핑을 통해 해소했다.

결국 번아웃에 이른 소명은 미니멀리즘에 관심이 생겨 집 안의 물건들을 버리기 시작한다. 소명이 추구하는 미니멀 라이프는 겉으로 보기에는 불필요한 물건을 버리고 집을 비우는 행위를 통해 실현되지만, 보다 근본적으로는 욕망의 비워 냄과 관련된다. "또래 친구가 소유한 것, 회사 동료들이 가진 것, 그러나 자신은 갖지 못한 것과 여전히 부족한 점들이 차례차례 떠올랐다. 아무런 생각도 하지 않고 잠시나마 머릿속을 완전히 비우는 데도 연습이 필요한 모양이었다."(93쪽) 결핍은 충족된다고 해서 사라지는 게 아니라 오히려 더 많이 욕망할수록 커진다. 비워 내는 일 역시도 마찬가지다. 우리는 비울수록 공허해지는 것이 아니라 역설적으로 충만해지기도 한다.

작품집의 제목 '꿈과 토템'의 단서를 얻을 수 있는 소설 「토템, 토템」에는 비워 내기를 연습하는 또 다른 인물 소하가 등장한다. 소하에게 가해지는 압박에 따른 자기 강박은 자신이 더 나은 사람이 될 수 있다는 희망과 구분되지 않는다. 취업 스터디에서 만나 친구가 된 소하와 은경은 각자 취업 후 서로 만날 때면 직장 생활의 불합리함을 비롯해 "지금보다 더 나은 자신이 되어 더 나은 평가를 받고 싶다는 갈망"(21쪽)에 대해 이야기하며 스트레스를 풀어 왔다. 자기 증명과 인정 투쟁의 끝없는 반복 속에서 이들에게 연애도 탈출구가 되지 못한다. 은경에게 애인과의 관계는 "회사와 맺고 있는 관계와 별다를 바 없"(34쪽)이 권태롭게 느껴지고 소하는 20대에 건강하지 못한 연애를 반복하다 이제는 결혼을 하라는 부모님의 요구에 시달린다. 소하가 부모님이 마련한 선 자리에 마지못해 나갔다가 만난 남자는 소하가 과연 결혼할 만한 조건을 갖춘 여자인지 평가하며 무례와 호감의 표현이 구분되지 않는 말들을 던진다. 은모든 소설의 여성들은 직장에서뿐만 아니라 연애나 결혼에 관해서도 '더 나은 여성'이라는 사회적 기준에 의해 재단되고, 그러한 역할을 수행해야 한다는 강제로부터 자유롭지 못하다.

　이 소설에서 소하가 은경에게 건넨 물건이자 '토템'으로 등장하는 '빨간 펜'은 본래 그러한 사회적 평가와 잣대를 상징하는 소재다. 빨간 펜은 정답과 오답을 가르는 도구이자, 모종의 단계마다 충족해야 할 특정한 목표를 달성했는지 표시하는 도구이기도 하다. 이 소설에서 펜은 몇 차례 등장하는데, 이러한 펜의 의미를 반전시키는 것은 소하가 출장지의 한 호텔에서 만난 웨이트리스가 건넨 의미심장한 말이다. 소하는 선 자리에서 만난 남자가 자신에게 들이민 잣대를 곱씹던 중 웨이트리스가 했던 말을 떠올린다. 웨이트리스는 호텔에 구비되어 있던 빨간 펜을 사용하던 소하에게 "저도 그 펜을 가지고 있답니다.", "그걸 가지는 데 너무 오랜 시간이 걸렸지 뭐예요."라는 말을 남기고는 "든든한 미소"를 짓고 자리를 뜬 적이 있다.(40~41쪽) 소하는 처음에는 이 말의 의미를 이해하지 못했지만, 남자와 선을 본 이후 그 남자의 '펜'과 웨이트리스가 말한 '펜'의 차이를 느끼며 웨이트리스가 남긴 의미심장한 말의 뜻을 짐작하게 된다. 소하에게 펜은 이제 사회적 평가나 잣대의 상징이 아니라 자신이 정립한 가치관을 뜻한다. 소하는 혹독하고 끊임없는 외부적 평가에도 휘둘리지 않는 자존감을 느끼고 비로소 자유를 느낀다. 소하는 은경에게 이러한 일화를 들려주며 빨간 펜을 선물하고, 이는 은경에게도 하나의 토템이 되어 몸과 마음의 작은 평화를 가져다줄 것으로 암시되며 소설은 마무리된다. 이처럼 은모든의 소설은 '더 나은 삶'을 약속하는 허황된 희망을 비워 낸 자리에 역설적으로 채워지는 것이 있음을 보여 준다.

이 인물들이 얻은 것은 그저 자기 강박과 족쇄에서 벗어난 자유만이 아니다. 이 자유를 통해 은모든 소설의 인물들은 그간 소홀했던 일상과 관계를 돌보고, '희망할 만한 삶'이란 바로 그 일상과 관계에 있다는 것을 깨닫는다. 예컨대 앞서 언급한 소설 「꿈은, 미니멀리즘」에서 소명이 물건들을 버리고 집을 비우는 과정은 마음의 여유가 없어 모진 말을 내뱉는 바람에 사이가 소원해졌던 친구 완주와의 관계를 회복하는 과정, 그리고 동우라는 새로운 사람을 만나 가까워지게 되는 과정과 겹쳐 일어난다. 동우는 소명이 내놓은 중고 믹서를 받게 된 남자로, 그 역시 더 나은 사람이 되어야 한다는 사회적 압박에 시달리다 번아웃을 겪은 적이 있다는 것을 소명이 알게 되며 두 사람은 빠르게 가까워진다. 은모든 소설의 인물들은 자기를 비워 내고 덜어 낼 때 자기 자신을 비롯해 타인을 돌볼 여유와 역량을 얻게 된다는 것을 경험한다. 소명은 여전히 "자신은 갖지 못한 것과 여전히 부족한 점들"이 떠오르는 것을 막을 수 없지만, "정말로 머릿속을 텅 비워 볼 참"(93쪽)이라고, 그리고 그것이야말로 바로 자기에게 필요하다는 것을 깨닫기에 이른다.

'희망할 만한 삶'이 어디 멀리 있는 것이 아니라 우리가 살아가는 일상 그 자체라는 생각은 일상성이 은모든 소설의 주된 제재라는 점과도 긴밀하게 연관된다. 그런데 은모든 소설은 일상성을 제재로 한 서사에서 흔히 나타나는 바와 같이 사회적 성공을 위해 달려가다 일상의 소중함을 뒤늦게야 깨닫게 되는 순간의 후회나 죄책감을 미학화해 온 서사와는 구별된다. 이러한 서사에서 후회나 죄책감은 성공 신화에 대한 면책적 알리바이로서 기능하는 한편 일상성은 과거라는 시간성에 붙박이는 경우가 많다. 하지만 은모든 소설의 인물들은 그러한 성공 신화에 매몰되지 않을뿐더러 잠시나마 소홀했거나 망가진 일상과 관계는 곧 회복된다. 예컨대 「꿈은, 미니멀리즘」의 소명과 완주처럼 「친구가 되어 드립니다」에도 회복되는 관계의 이야기가 있다. 「친구가 되어 드립니다」에서 과거 성지는 대학 선배인 정묵의 소개로 우솔이라는 남자를 소개받은 적이 있다. 우솔은 예의가 바른 남자이지만 성지는 그에게서 매력을 느끼지 못하는데, 일말의 기대마저 식게 된 결정적 계기는 어머니가 자신이 부엌에 들어가는 걸 좋아하지 않는다고 한 우솔의 말이다. 성지는 그 말을 듣고 우솔이 가사일을 전적으로 엄마에게 맡기는, 가부장제적 관행에 익숙한 남자라고 판단한다. 이 시기 성지는 오랜 친구인 민주와도 연락이 끊긴 상태였는데, 민주와 사이가 틀어지게 된 것은 성범죄 뉴스에 관해 이야기하다 성지가 피해자 여성에 대한 2차 가해성 발언을 실수로 내뱉게 된 일 때문이다. 민주는 성지의 말에 정색하고 잘못을 지적하며 성지의 수치심을 불러일으키고, 둘은 피로감에 어느 쪽도 선뜻 사과하지 않고 소원해지고 말았다. 성지가 우솔 그리고 민주와 거리감을 느끼게 된 이유는 공통적으로 한 사람이 내뱉은 말로 인한 오해다. 마음의 여유가 없을수록 누군가를 쉽게 단정하고 판단 내리게 되듯, 성지의 비좁고 완고해진 자기 세계에는 타인의 이야기가 들어갈 틈이 없다.

그런데 우솔에 대한 성지의 오해가 풀리며 이들의 관계는 회복되는 방향으로 나아간다. 성지는 우솔과 데이트하며 그의 담백한 호의에 호감을 느끼고, 오해의 계기가 되었던 말에 담기지 못했던 이야기, 즉 우솔이 부엌에 출입하지 못했던 건 그의 어머니가 자신의 꿈을 포기하고 전업주부가 되어 느꼈던 상실감에서 비롯한 통제욕 때문이라는 것을 알게 된다. 성지의 달큰하게 풀어진 마음은 우솔에게만 머물지 않고, 민주와 화해하기 위해 민주에게 연락을 먼저 하는 데까지 이어진다. 이처럼 실수와 오해로 인해 어긋난 관계가 누군가가 먼저 내민 작은 호의로 회복된다. 은모든의 소설은 우연한 계기로 자기 강박과 날선 마음이 느슨하게 풀어지는 순간을 그리며 지루하고 뻔한 것처럼 보였던 우리의 일상이 산뜻한 우정과 사랑의 가능성으로 채워질 수 있음을 보여 준다.

이처럼 은모든의 소설-우주에서 펼쳐지는 '그 모든 가능한 삶'에는 언제나 다른 이들과의 관계로 둘러싸인 소소한 일상이 담긴다.* 은하, 민주, 성지 세 친구가 모여 설날을 보내는 이야기를 그린 「모닝 루틴」에는 은모든이 포착하는 일상의 특징이 잘 드러난다. 아침에 일어나 체조하며 그날 해야 할 일을 따져보는

---

* 이번 소설집에서 비일상적 사건을 다루며 장르적 설정을 차용한 예외적인 작품으로 「501호의 좀비」, 「탄생」이 있다. 하지만 「501호의 좀비」에서 좀비의 출몰은 그 자체로 '사건'으로 전경화되기보다는 배경적 사건에 가깝고, 주된 사건은 좀비를 이용해 가정 폭력을 범한 가해 남성을 죽이려는 가족의 계획을 우연히 엿들은 옆집이 그 모의에 도움을 주는 사건이다. 한편 「탄생」의 경우 인공 자궁 에그가 개발되며 에그를 통해 아이가 태어날 수 있게 된 사회를 배경으로 한다. 이러한 소설들은 그 예외적 성격에도 불구하고 또 다른 세계에 대한 가능성을 상상하고 서사화하고 있다는 점에서 크게 보아 평행 우주 세계관이 반영되어 있다고 볼 수 있다.

루틴을 좀처럼 깨지 않는 은하는 설날 아침 이례적으로 그 루틴에서 조금 벗어나 "해야 할 일이 아니라 하지 않아도 되는 일을 꼽아"(97쪽) 본다. 그가 벗어나는 것은 그의 개인적인 루틴인 한편 명절마다 여성 가족원으로서 요리와 집안일을 전담하거나 가족과 친척들의 무례한 질문 세례를 받는 사회적 루틴이기도 하다. 그가 이 루틴에서 벗어날 수 있게 된 현실적인 계기는 결혼을 바라는 아픈 엄마의 요구를 못 이겨 급하게 결혼했다가 결국 이혼하게 되었기 때문이다. 은하는 이혼 후, 독립을 준비하던 친구 민주와 집을 얻어 함께 살게 된다. 소설은 은하와 민주가 설날 아침 함께 영화를 보며 일반적인 루틴에서 벗어나 여유를 즐기는 모습을 그린다.

한편 또 다른 친구 성지가 하룻밤만 재워 달라고 부탁하며 이들의 집에 찾아온다. 성지는 결혼하라는 엄마의 독촉도 모자라 어린 조카에게마저 왜 결혼하지 않느냐는 질문을 받고 서러움에 북받쳐 집을 뛰쳐나왔다. 성지는 은하와 민주의 모임에 합류해 자신에게 주어진 강제적 역할에서 벗어나 소소한 자유를 만끽한다. 특히 성지와 은하는 과거 성지가 은하의 결혼을 노골적으로 탐탁지 않아 했던 탓에 서로 쌓아 뒀던 응어리가 있었는데, 이 우연한 자리는 성지와 은하 사이의 응어리가 풀리는 계기가 되기도 한다. 이 자리에서 젠더, 나이, 혼인 여부 등을 기준으로 한 사회적 잣대와 편견, 판단은 부드럽게 와해되고 서로 다른 삶의 모습이 그 자체로 존중되며 인물들은 돌봄과 우정을 나눈다. 이처럼 은모든 소설 속 인물들은 반복되는 일상의 루틴에서 한 걸음 벗어날 때, 자기 강박에 시달리게 하는 사회적 요구와 잔인한 희망으로부터 조금 가벼워질 때, 비로소 서로를 마주 보고 서로의 이야기를 들을 수 있게 된다.

루틴은 규칙적이거나 관습적인 절차나 일상을 의미한다. 은모든의 소설에서 인물들은 사회적 루틴에서 조금 벗어나 자유로워지는 기쁨을 느낀다. 또한 이들이 얻은 자유는 다시 일상의 회복으로, 멀어졌던 이들과 다시 가까워지게 되는 관계의 회복으로 이어진다. 이 회복은 은모든 소설에 나타나는 또 다른 루틴이 되어 평범한 일상의 의미가 전환되는 계기로 작동한다. 희망의 실현은커녕 무엇이 '희망할 만한 삶'인지 생각할 여유도 주지 않는 사회에서 은모든의 소설은 너무 미세해서 잘 알아차리지 못했던 일상의 작은 희망의 가능성을 건드린다. 1인분의 삶마저 건사하기 어려운 현실이지만 우리가 언제나 1인분 이상의 삶을 살아가고 있다는 것, 멀어졌던 사이는 다시 회복되고 빈자리는 다른 누군가로 채워지며, 우리는 지루하고 억압적인 사회적 루틴에서 이탈해 진짜로 희망하는 삶을 향해 아주 조금씩 나아간다는 것. 나는 바로 이 루틴에서 희망을 발견한다. 반복은 언제나 차이와 함께이듯, 인물들의 삶과 관계는 은모든의 방대한 소설-우주에서 조금씩 다르게 반복된다. 이 모든 가능한 삶 속에서 '나'라는 존재는 언제나 다인분의 삶을 살고 있을 것이다.

꿈과 토템

1판 1쇄 찍음 2024년 7월 19일
1판 1쇄 펴냄 2024년 7월 26일

지은이 은모든
발행인 박근섭, 박상준
펴낸곳 (주)민음사

출판등록 1966. 5. 19. (제16-490호)
서울특별시 강남구 도산대로1길 62(신사동) 강남출판문화센터 5층
대표전화 02-515-2000 팩시밀리 02-515-2007
www.minumsa.com
ⓒ 은모든, 2024. Printed in Seoul, Korea
ISBN 978-89-374-5696-1(03810)